W0213077

Angie Spady

Diva Diaries

Über die Autorin

Angie Spady lebt mit ihrem Mann Steve und zwei Töchtern in Kentucky. Vor den „Diva Diaries" hat sie schon die erfolgreiche Serie „Channing O'Banning" geschrieben. Außerdem entwickelt sie innovative Lernstrategien für Schüler und hält Vorträge über Kunst als kreative Ausdrucksform.

Channing Everidge ist Kinderbuchillustratorin und die Tochter von Angie Spady.

Angie Spady

DIVA DIARIES

Katie Conrad:
Freundschaft, Glaube, Mode, Chaos

Aus dem Amerikanischen von Barbara Schuler

GerthMedien

WIDMUNG

Für Mama:
Von der ich gelernt habe,
dass Mode cool ist und Spaß
macht, aber dass es noch
spannender ist, eine Frau nach
dem Herzen Gottes zu werden.

FREITAG, 12. MÄRZ

Warum versuchen eigentlich ALLE für mich einzukaufen?

BESONDERS MEINE ELTERN!

Ich habe rein zufällig einen HERVORRAGENDEN Geschmack und weiß GENAU, was ich brauche und was nicht.

DIESES TAGEBUCH GEHÖRT IN DIE KATEGORIE „SO-WAS-VON-UNNÜTZ"!

Und an allem ist Papa schuld.

„Hier sind die Skizzenbücher, die ich dir mitbringen sollte, Katie. Ein richtiges Schnäppchen. Im Doppelpack für nur 9,99!"

DAS SIND DOCH KEINE SKIZZENBÜCHER!

DAS SIND TAGEBÜCHER!

NICHT!

NICHT!

NICHT!

WAS HAT PAPA SICH NUR DABEI GEDACHT?

Eigentlich ein Wunder, dass er nicht noch einen Anti-Pickel-Stift gekauft hat. DEN könnte ich nämlich wirklich brauchen! Das Zeug, das Mama mir mitgebracht hat, juckt nicht mal meinen schlimmsten Pickel – und der hat ungefähr die Größe von Monaco. ☹ Es gibt auf dem ganzen Planeten nicht genug Abdeckpaste, um den kleinen Vulkan abzudecken, der gerade auf meinem Kinn wächst. Ich habe überlegt, ob ich eine Skimaske zur Schule überziehen soll, aber Mama meinte, ich sei die Einzige, die diesen „winzigen Hubbel" überhaupt bemerken würde. Ja klar, voll!

Ich und der Rest der menschlichen Bevölkerung!!!

Nur weil Papa für eine Zeitschrift arbeitet und gerne über langweiliges Zeug schreibt, heißt das noch lange nicht, dass ich das auch will!
GECHECKT? ☹

NICHT. NICHT. NICHT.

Papa weiß doch, dass ich vorhabe, die nächste FASHIONISTA EXTRAORDINAIRE zu werden: **„KATIE KONRAD – DER NEUE STAR DER MODESZENE“** – das werden sie in der Glamourwelt drucken. Ich habe nicht vor, meine Zeit mit Tagebuchschreiben zu verplempern.

Soll Papa ruhig schreiben. Ich entwerfe lieber die neuste und heißeste Mode für New York, Rom … und sogar Paris!

Und ich werde nicht nur Entwürfe zeichnen, ich werde sie auch zum Leben erwecken. Das heißt, FALLS Mamas alte Nähmaschine mitmacht. Ich darf sie sogar in meinem Zimmer stehen haben, da man ja nie wissen kann, wann ich einen meiner brillanten Einfälle habe.

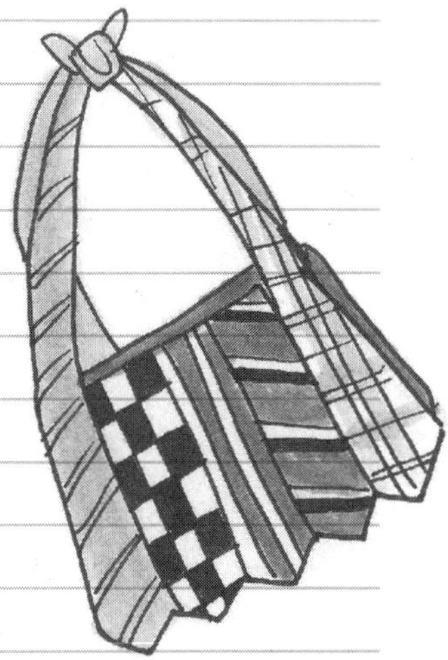

Ich arbeite gerade an der coolsten Handtasche EVER! Ich habe mal gelesen, dass haufenweise berühmte Designer so angefangen haben. Und es ging ganz einfach: Ein kurzer Abstecher zum Second-Hand-Laden, zehn alte Krawatten, und tada: Die „Krazy-Krawatten-Tasche!" Wer weiß, das könnte der letzte Schrei werden, und ich werde im ganzen Land bekannt … oder vielleicht sogar weltweit!

Ich habe definitiv KEINE Zeit zum Tagebuchschreiben. Habe ich Zeit, um Mode zu entwerfen und zu schneidern? Yep. Um über langweiliges, altes Zeugs zu schreiben? Nein.

Sophie wird mir ganz sicher recht geben. Dieses Tagebuch ist so was von überflüssigst.

Sophie Martin ist meine BFF und sie weiß immer Rat. Ob es nun darum geht, wie meine Haare am besten aussehen (Sophie hat Naturlocken und ihre Haare sehen IMMER umwerfend aus) oder ob ich mich über das neueste Schuldrama aufregen soll, Sophie ist immer für mich da. Wir gehen auch in denselben Teenkreis in der Gemeinde. Die Frau kann endlos Bibelverse auswendig lernen, als wäre das ein Klacks. (Schön, dass es jemanden gibt, der das kann!)

UND, das möchte ich noch hinzufügen, Sophie LIEBT meine Entwürfe. Sie ist so etwas wie meine persönliche Modekritikerin – mit einem exzellenten Geschmack natürlich. ☺

Wenigstens habe ich jetzt jede Menge Skizzenpapier, äh, ich meine Tagebuchpapier für meine Zeichnungen. Wenn ich richtig Glück habe, landet vielleicht einer meiner Entwürfe auf dem Laufsteg in Paris, und das habe ich dann Papa zu verdanken. ☺

Vielleicht schreibe ich ja ab und zu in dieses Tagebuch – VORAUSGESETZT ich habe zu viel Zeit. Papa hat sich immerhin super gefreut, als er es mir gegeben hat. Ich habe ein schwaches „Mensch, Papa, danke!" rausgebracht und versucht, nett zu sein. Sonst hätte Mama mich wieder zusammengestaucht und gesagt: „Wann wirst du endlich anfangen, dankbar zu

sein, junge Dame?" Dabei hat sie immer diesen „Ich-bin-ja-so-enttäuscht-von-dir"-Blick drauf und dann ist die Stimmung im Eimer.

Mama hat recht, obwohl ich es ungern zugebe. Ich schätze mal, ich sollte echt etwas dankbarer sein. Okay, okay … SEHR VIEL dankbarer. Ich kann mich glücklich schätzen, dass ich einen total netten Papa habe und dazu noch einen Vater im Himmel, der mich auch liebt. Ich weiß, Sophie würde mir 1000-prozentig zustimmen.

Aber ich will NICHT Journalist werden wie Papa. Jeden Abend sitzt er bis spät in die Nacht am Computer. Zwischendurch hängt er mal kurz am Telefon, dann wieder am Computer, die ganze Zeit. Und er sagt, ich hänge zu viel vor dem Computer?

JA. GENAU!

Papa schreibt Geschichten „aus dem Leben" – was immer das heißen soll. Vermutlich geht es dabei um das Leben von Leuten, was wiederum andere Leute interessieren soll, mich aber nicht. Ich lese diese Erwachsenen-Zeitschriften nie. Nur manchmal ... ab und zu ist das Geschreibsel tatsächlich interessant. Einmal hat Papa was über Missionare auf Haiti berichtet, die Kunst- und Bastelmaterialien für Sommercamps brauchten. **ECHT ABGEFAHREN.** Ich könnte mir ein Leben ohne solches Kreativzeugs gar nicht vorstellen!

Also haben wir alle mitgeholfen und für diese Schule gesammelt. Ich habe meine Bastelkisten zu Hause ausgemistet und das Zeug auch mitgeschickt. Ein paar Monate später haben uns die Schüler dann ein paar coole Bilder geschickt, die sie mit unseren Zeichensachen gemalt hatten.

Eine der Zeichnungen hat Mama noch immer am Kühlschrank hängen, neben ein paar Modeskizzen von mir.

Hmmm … vielleicht schreibe ich demnächst meine Gebetsliste in das Tagebuch? Das wäre eine Idee. Mama sagt, so eine Liste hilft ihr daran zu denken, für alle möglichen Sachen zu beten – zum Beispiel für diese Kids auf Haiti. Und dann auch hinterher zu sehen, was Gott getan hat.

GEBETSLISTE

1. Für die Kinder auf Haiti beten, dass Gott ihnen gibt, was sie brauchen.

2. Beten, dass Papa versteht, dass ich nicht so wild aufs Schreiben bin wie er.

SAMSTAG, 13. MÄRZ

BEAUTY-ÜBERNACHTUNG!!!! YEAH!

Sophie und ich haben gestern Abend ein neues Anti-Pickel-Rezept erfunden. Das war bestimmt schon Versuch Nr. 37 oder so. Es MUSS einfach etwas geben, das besser wirkt und riecht als das ekelhafte Zeug aus den Läden. Außerdem hatten wir im Internet erfahren, dass in Essig und Zitronensaft getränkte Wattepads unsere Haut strahlen lassen. Und wir haben uns sogar Gurkenscheiben auf die Augen gelegt, für den Extrakick. EPIC FAIL. Das hatte nämlich nur den Effekt, dass wir wie eine GEWÜRZGURKENFABRIK stanken. Wir mussten sogar nachts bei offenem Fenster schlafen.

Mein kleiner Bruder Linus (er ist 8 und ich nenne ihn immer „der Virus") spazierte mit einer Wäscheklammer auf der Nase durchs Haus und brüllte: „Bäääh! Die Mädchen stinken!"

VOLL DER PFOSTEN!

Er hat sogar seinem Stinktier Rosie eine Wäscheklammer auf die Nase geklemmt. Ja, er hat ein Stinktier als Haustier! Ist das mal **GESTÖRT**, oder was? Und wozu braucht ein Stinktier eine Wäscheklammer auf der Nase, wo doch „Stink" sein Vorname ist???

Wozu???

(Anmerkung: Ich könnte ein GANZES Tagebuch damit füllen, von diesem Lauch von einem Bruder zu erzählen. Es gibt vermutlich auf der ganzen Welt nicht genug Papier, um ihn zu erklären!)

Dummerweise scheinen mir Beauty-Katastrophen auf Schritt und Tritt zu folgen. Letzte Woche, als ich bei Sophie war, haben wir auf Youtube in einem Video gehört, dass ein Schaumbad aus Milch und Haferflocken das „ultimative Spa-Erlebnis" sei. Also zogen wir uns unsere Badeanzüge an, füllten die Badewanne mit warmem Wasser und Milch und schütteten eine ganze Packung Haferflocken rein.

OBERFAIL.

Es war eine einzige MATSCHEPAMPE. Ich kann gar nicht sagen, was ekliger war: mit Badeanzug in einer Badewanne zu sitzen oder Haferflocken in den Haaren kleben zu haben. Sophies Eltern sind total ausgeflippt (Mr Martin ist der Schulrektor, sollte ich vielleicht noch hinzufügen), und es war keine Milch mehr zum Frühstück am folgenden Morgen übrig.

NIE WIEDER.

ICH WIEDERHOLE: NIE WIEDER!

Aber eins muss man Sophie lassen: Sie kann sich die KÖSTLICHSTEN Peelings ausdenken! Aus Kokosnuss, Erdbeeren oder Schokolade zaubert sie leckere Mischungen, die wir auf unsere Haut streichen.
Ich bin immer versucht, mal kurz an meinen Armen zu lecken, aber das kommt natürlich nicht infrage.

Sophie wird auf jeden Fall einmal Wissenschaftlerin oder vielleicht auch eine berühmte Köchin. Sie backt auch die ALLERLECKERSTEN Brownies überhaupt – Erdnussbutter-Schoko –, die schmelzen richtig im Mund. Sie braucht dazu noch nicht mal ein Rezept, weil sie alles im Kopf hat. Kein Wunder, dass sie in Naturwissenschaften der Checker ist. Sie lernt wissenschaftliche Definitionen genauso schnell wie Bibelverse.

Warum kann ich das nicht? Ich vergesse ALLES! Dabei versuche ich gerade, diesen Bibelvers aus Jakobus auswendig zu lernen, damit ich mehr Geduld mit dem Virus habe.

JAKOBUS 1,2
GLÜCKLICH IST,
WER DIE BEWÄHRUNGS-
PROBEN BESTEHT UND
IM GLAUBEN FESTBLEIBT.
GOTT WIRD IHN MIT
DEM SIEGESKRANZ,
DEM EWIGEN LEBEN,
KRÖNEN.
DAS HAT ER ALLEN
VERSPROCHEN, DIE IHN
LIEBEN (HFA).

GEBETSLISTE

Noch hinzufügen, Nr. 3:
„Geduld mit dem Virus"!

SONNTAG, 14. MÄRZ

Heute hagelt es Bewährungsproben am laufenden Band! Der Virus macht mich noch **WAHNSINNIG!** Und Mama quasselt mir die Ohren voll, dass ich lernen muss, mit meinem kleinen Bruder „ein bisschen mehr Geduld" zu haben.

KUNSTSTÜCK!

Ich habe sogar Sophie gebeten, dass sie auch dafür beten soll, dass ich den Virus ein bisschen besser ertragen kann. Ich brauche sämtliche Unterstützung, die ich mir sichern kann.

ANMERKUNG IN EIGENER SACHE: DENK AN JAKOBUS 1,12!

Obwohl ich also um Geduld gebetet habe, ist das TIERISCH schwer, wenn du ins Badezimmer willst und das nicht geht, weil dein kleiner Bruder gerade seinem Stinktier ein SCHAUMBAD einlässt!

SOLL DAS EIN WITZ SEIN?!?!?!?!?!

Ich habe Mama gebeten, das ganze Badezimmer zu desinfizieren! Wenn ich herausfinde, dass der Virus den Badezusatz benutzt hat, den Sophie und ich letzte Woche hergestellt haben, dann mache ich HACKFLEISCH aus ihm. Einmal hat er sich meine Pickelcreme geschnappt und sich das ganze Gesicht damit eingekleistert! Ich habe ihm die Höchststrafe angedroht, falls er das noch mal wagt: Ich werde ihn wie einen echten Pickel ausquetschen, dass ihm Hören und Sehen vergeht! Warum muss ausgerechnet ich einen bekloppten Bruder haben, der auf Mädchenzeug wie Cremes und Lotions steht?

WARUM????????????????

Ich habe beschlossen, in meinem Zimmer abzuhängen und so lange wie möglich drin zu bleiben. Natürlich werde ich ab und zu mal rauskommen und etwas essen müssen ... UND natürlich das Bad benutzen. ☹☹☹ Vielleicht verträgt das Stinktier ja keine Schaumbäder und löst sich in Luft auf, während ich Entwürfe zeichne.

Ich lasse mich in Modesachen von Claire Hunter inspirieren, DER coolsten Nachwuchs-Designerin der Welt. Ich habe ihren Blog abonniert und bin so immer auf dem Laufenden. Es gibt sogar ein paar Teile von ihr in der **Unique Boutique** im Einkaufszentrum von Clairemont. Ich spare schon wie wild, weil ich mir etwas aus ihrer Frühlingskollektion kaufen will. ☺

Ich habe eine HAMMERIDEE für einen Rock, die ich unbedingt zu Papier bringen muss. Im Prinzip will ich einen von Mamas alten Röcken „überarbeiten" und ihn ins 21. Jahrhundert katapultieren. Mit ein bisschen Glitzer, einer Heißklebepistole und ein paar Abnähern hier und da werde ich den Rock dann VIELLEICHT sogar mal zur Schule anziehen, wenn ich mich traue.

Wenn ich doch nur so berühmt wäre wie Claire Hunter und die ganzen anderen Designer. Das wäre OBERCOOL! Dann wäre ich reich! Dann könnte ich mir ein eigenes Bad leisten UND DEN VIRUS LEBENSLANG DARAUS VERBANNEN! Mitsamt dem Stinktier!

Oh, und ich hätte dann nicht nur mein eigenes Bad, ich hätte **MEIN EIGENES DESIGNSTUDIO!**

Das wäre das COOLSTE überhaupt!

5 Dinge, die ein Katie-Konrad-Designstudio HABEN MUSS

1. Jede Menge Kleiderpuppen, die natürlich meine Entwürfe tragen. :-)
2. Nähmaschinen – mindestens drei Stück. (Man weiß ja nie, wann eine ausfällt!)
3. Stoffe, Stoffe, Stoffe (mit Pailletten, glänzend, kariert, geblümt, neonfarben, mit Spitze – alles Mögliche eben) :-)
4. Einen Kühlschrank gefüllt mit meinem Lieblingsessen – und natürlich eine Mikrowelle. (Eine Designerin muss essen!)
5. Kerzen, die nach Geburtstagskuchen riechen.

ALLES AUßER VIRUSMIEF!!!

Wenn ich nur an den Virus und seine Rosie denke, bekomme ich schon wieder schlechte Laune. Ich kann es gar nicht abwarten, Sophie in der Schule morgen alles zu erzählen. Und ihr meinen neuen Rockentwurf zu zeigen. Je früher, desto besser!!!!!!!

ANMERKUNG IN EIGENER SACHE:

Lies Jakobus 1,12 – NOCH MAL!!!!!

MONTAG, 15. MÄRZ

Hatte ich gesagt, ich wollte Sophie in der Schule sehen? **VERGISS ES!** ☹

Aber ich muss zugeben, dass es daran liegt, dass ich MEGA eifersüchtig bin, was ja eigentlich nicht richtig ist. **ANMERKUNG IN EIGENER SACHE: SETZE „SEI NICHT NEIDISCH AUF DIE SACHEN VON ANDEREN" AUF DIE GEBETS-LISTE!**

Heute Morgen kam Sophie zur ersten Stunde mit einem neuen HANDY angetanzt! Ja, genau, mit einem ULTRA-SCHICKEN, MEGA-HIPPEN, HIGHTECH-Smartphone mit allem Schnickschnack: WHATSAPP, INTERNET, iTUNES, USW., USW.!!!

Sie hat sogar eine kultige Hülle mit einem pinken Cupcake auf der Rückseite. Nicht genug, dass ich mir genau so ein Handy WAHNSINNIG wünsche, es sieht auch noch zum Anbeißen aus!

Natürlich hätte sie mir gestern Abend eine Vorwarnung simsen können, aber das ging ja nicht. Und warum wohl nicht? **WEIL ICH KEIN INTERNETFÄHIGES HANDY HABE!**

Später habe ich erfahren, dass Sophie zu Hause Extrajobs übernommen hat, um ihr Taschengeld aufzubessern, aber das hilft mir auch nicht wirklich.

Von jetzt an sind die beiden Mädchen mit den coolsten Handys aus meiner Klasse meine beste Freundin UND die Schulzicke:

MIRANDA MARONI.

Wenigstens kann Sophie Miranda auch nicht ausstehen.

Miranda hält sich für die Coolste und hat immer von allem das Neuste und Tollste. Und das FIESE: Sie reibt es uns ständig unter die Nase. Wenn in der *Teens' Vogue* (die sie wie eine Bibel mit sich herumträgt) eine echt coole Handtasche abgebildet ist, hat sie die garantiert als Erste. Sie lässt die Zeitschrift sogar „versehentlich" auf den Boden fallen und sagt dann: „Oh, die Tasche ist echt cool. Aber die habe ich ja schon, hätte ich fast vergessen."

KOTZ.

Wenn im Schaufenster vom Schuhladen ein Paar klasse Stiefel stehen, hat Miranda sie garantiert schon und stolziert damit in der Schule herum. Einmal hat sie ihre Quadratlatschen auf Sophies Pult gelegt, nur damit wir auch ja alle ihre neuen Glitzersneaker sahen. **WO WOHNT DER, DEN DAS INTERESSIERT???????**

Oh ja, und Mirandas Handy ist natürlich voll fett **bling, bling** mit einer Zebrahülle, wollte ich noch sagen. Dieses Smartphone hat mehr Klingeltöne als Apple! Und sie ist jede Pause damit beschäftigt und spielt irgendwelche Spiele, wenn sie es gar nicht darf.

Ich wünschte, sie würde nur ein einziges Mal von Mrs Gibson erwischt werden. (Anmerkung in eigener Sache: Beten, dass du Miranda Maroni nicht immer das Schlechteste wünschst.) Aber es ist schon hammerhart. Sie hat heute Morgen sogar versucht, sich bei Sophie einzuschleimen.

Miranda: „Sophie, dein Smartphone ist ja fast so cool wie meins! Du musst unbedingt mal zu mir kommen, dann können wir uns vielleicht ein paar neue Klingeltöne oder Hüllen bestellen. Du kannst auch ein paar dieser komischen Kekse mitbringen, die du immer backst!"

BLA, BLA, BLA!!!!!

Nur weil Mirandas Papa bei einer Bank arbeitet, glaubt sie, sie kann ALLES und JEDEN kaufen.

Meine Eltern haben normale Jobs, und das stört mich auch nicht ... meistens nicht. Mama löst sogar Treuepunkte beim Supermarkt ein, und wir haben ein Haushaltsbudget. Manchmal macht es sogar Spaß, möglichst viel Geld für den Urlaub oder andere Sachen zu sparen. Papa erinnert uns auch immer daran, dass wir in der Gemeinde den Zehnten geben. Das geht mir manchmal echt auf den Keks. Da rackere ich mich für mein Taschengeld ab und dann soll ich es einfach so weggeben.

Ich habe versucht ihm zu erklären, dass ich auf ein Outfit von Claire Hunter spare. Und natürlich kann ich IMMER neue Stoffe für meine nächsten Entwürfe gebrauchen. Aber ich habe auch kapiert, dass hinter Gottes Geboten immer ein Sinn steckt und wir uns an sie halten sollen, weil es gut für uns ist – auch wenn es uns schwerfällt.

Apropos schwerfallen: Es ist SUPER schwer, Miranda nicht mal gehörig die Meinung zu sagen. Natürlich würde ich am liebsten kilometerhoch in die Luft gehen, aber ich versuche, diese Gedanken für mich zu behalten.

Manchmal denke ich für einen kurzen Moment tatsächlich, Miranda könnte nett sein, wenn sie wollte, doch im nächsten Moment macht sie sich schon wieder über meine Haare, meine Klamotten oder sonst was lustig. Und Sophie geht es genauso mit ihr.

WAS HABEN WIR IHR NUR GETAN?

Und Emily Winter ist schon seit der vierten Klasse Mirandas Schatten. Emily kann manchmal richtig nett sein, aber sobald Miranda in der Nähe ist, ist sie genauso fies. **SELTSAM.** Ich habe KEINEN BLASSEN SCHIMMER, warum Emily sich Miranda antut! Vielleicht weil sie zusammen Volleyball spielen. Natürlich ist Miranda nicht nur das beliebteste Mädchen der Schule, sie ist auch noch die beste Volleyballspielerin weit und breit. In puncto Schmetterbälle ist sie die Nr. 1 im Team.

KOTZ.

TROTZDEM, wenn du mich fragst, ist das NOCH LANGE kein Grund, mit Miranda befreundet zu sein. Es fehlt echt nur noch, dass sie Emily wie ihre persönliche Sklavin behandelt und sich von ihr das Essenstablett tragen oder ihre Sporttasche holen lässt. Und weißt du was? Emily würde das vermutlich sogar machen, weil sie Miranda für den Mittelpunkt des Universums hält. ☹

ICH CHECKE DIESE MÄDCHEN NICHT.

ANMERKUNG IN EIGENER SACHE:
Emily Winter auf die Gebetsliste setzen!

DIENSTAG, 16. MÄRZ

D. D. D. DÄMLICHER. DOOFER. DIENSTAG.

Ich werde vermutlich den Rest der Woche brauchen, um mich von den Neuigkeiten zu erholen.

Warum musste Mr Martin (Sophies Vater und unser Schulrektor) einen wunderbaren Dienstag zerstören?

WARUM?????? Offensichtlich bringt man Rektoren so was an der Uni bei. Ich bin mir sicher, dass Mr Martin eine 1+ im Kurs „Wie zerstöre ich einen Tag" bekommen hat.

„Achtung, eine Durchsage! An alle Schüler der Mittelstufe: Am 16. April wird unser großer Frühlingsball stattfinden. Die Vorfreude ist bei euch sicher schon groß! Ich erwarte von allen untadeliges Benehmen. Jungen, benehmt euch wie Gentlemen; Mädchen, benehmt euch wie Damen."

HÄ? WAS SOLL DAS DENN HEIßEN?

In welchem Jahrhundert lebt denn der Mr Old School? Damen? Gentlemen? Kein Wunder, dass ihn manche „Mr Marsmann" nennen statt Mr Martin.

Ich nenne ihn zwar nicht so, weil Sophie meine beste Freundin ist. Aber ich muss zugeben, dass Mr Martin schon manchmal etwas seltsam rüberkommt! Nein, ich korrigiere ... SEHR SELTSAM.

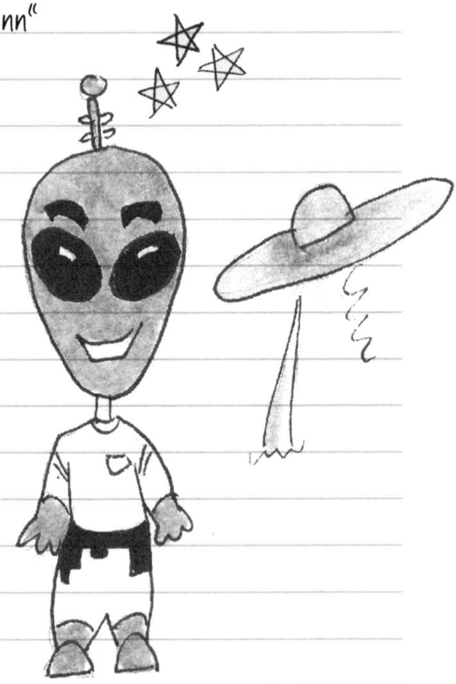

Zum Glück kann Sophie das vorsintflutliche Geschwafel ihres Vaters in Normalsprache übersetzen.

Ich habe nach der Schule mit ihr an meinem Computer gechattet.

Ich: Ok, ich flipp gleich aus!

Sophie: Warum?

Ich: OMG! Du weißt schon – der BALL!

Sophie: Das wird mega cool, was meinst du?

Ich: ??? Es wird NUR mega cool, wenn Du-weißt-schon-wer mich auffordert!

Sophie: Chill mal. Wir können zusammen hingehen oder uns an der Turnhalle treffen. Wegen Du-weißt-schon wirst du wohl abwarten müssen. ☺

Ich: Muss los. Kriege schon voll Panik. HDGDL!!!

DAS DARF DOCH WOHL NICHT WAHR SEIN!

Sophies Vater hat echt 'ne SCHRAUBE locker! Ich bin mir nicht sicher, ob heute ein guter Tag ist, um mit Sophie befreundet zu sein, oder voll der Schrotttag. Ich weiß ja, dass sie ihrem Papa nicht vorschreiben kann, was er zu tun und zu lassen hat (reines Wunschdenken), aber dass er die Jungen praktisch zwingt, sich eine Partnerin für den Ball zu suchen, ist **OBERKRANK!**

WAS, WENN MICH NIEMAND FRAGT?

Manchmal ist es schon cool, die beste Freundin der Tochter des Rektors zu sein (z. B. wenn wir nach einem Spiel kostenlos die Reste vom Imbissstand bekommen), aber manchmal kann es auch total ätzend sein. Wie an dem Tag, an dem ich viel zu spät zum Unterricht gekommen bin, weil ich noch versucht habe, meine Frisur zu retten. Am Abend vorher hatte ich mir einen Pony schneiden lassen, und danach sah ich aus wie eine Drittklässlerin. (Gibt es das Wort **ALBTRAUMHAARSCHNITT?**) Auf keinen Fall wollte ich als Erste in die Klasse marschieren, genau vor Miranda. Die hätte sich noch monatelang das Maul zerrissen.

Mr Martin verdonnerte mich zur Strafe zu einem dreiseitigen Aufsatz zum Thema „Warum es sich nicht gehört, zu spät zum Unterricht zu kommen". Sophies Vater hat für mich kein Auge zugedrückt, nicht einen Millimeter! Und jetzt ruiniert Mr Martin SCHON WIEDER meinen Tag!

WAS FÄLLT DEM DENN EIN?

Natürlich weiß ich genau, von wem ich zum Frühlingsball eingeladen werden möchte: **JOSH HENDERSON!!!**

Klare Sache! Er ist der coolste und süßeste Typ des ganzen Jahrgangs. Wir gehen sogar in die gleiche Gemeinde. Und ich weiß nicht, ob es ein Deo oder Parfum ist, jedenfalls riecht er immer gut. Oh, und habe ich schon erwähnt, dass er immer vor dem Mittagessen betet?

GENAU WIE ICH! ☺

Doch jetzt kommt das Problem: Josh ist ziemlich zurückhaltend und redet nicht viel – vor allem nicht mit MIR! Vielleicht verändert er sich ja noch vor dem Ball und fragt mich, ob ich mit ihm hingehe. Immerhin könnte er mich im Gottesdienst ansprechen, wenn er wollte.

Ich sehe schon vor mir, was für eine Art Kleid ich zum Ball tragen würde …

Mirandas Kleid wird bestimmt noch mal um Klassen besser. Sicher trägt sie das **NEUESTE UND TOLLSTE**, und Sophie und ich dürfen uns wieder wochenlang ihr Gelaber anhören!

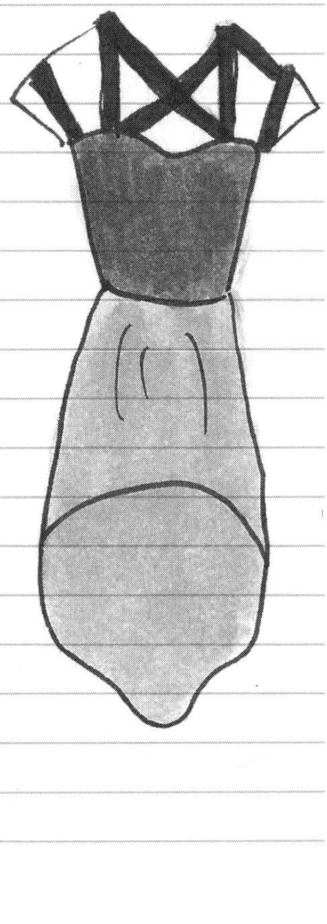

BLA, BLA, BLA, BLA!!!

MITTWOCH, 17. MÄRZ

Ich fand ja schon den Dienstag schlimm, aber der war nichts gegen den **MITTWOCH!**

Alle hatten nur eins im Kopf: DEN BALL, DEN BALL, DEN BALL!

Manche Mädchen hatten schon entschieden, welche Farbe ihr Kleid haben sollte, und verabredeten sich zum gemeinsamen Shoppen. Manche blätterten sogar in der *Teens' Vogue* oder der *Glamour Girl* und klebten sich Fotos von Kleidern an ihre Spinde.

DOCH DANN HÖRTEN SOPHIE UND ICH ZUFÄLLIG DAS **ALLER. ALLER. SCHLIMMSTE.**

Miranda und Emily standen vor ihren Spinden und unterhielten sich so laut, dass man sie noch auf dem Mars verstehen konnte.

Miranda: *Oh, Emily, ich bin ja SO aufgeregt wegen dem Ball. Die Frage ist nur ... mit wem will ich hingehen?*

Emily: *Der Ball wird der Hammer! JEDER JUNGE aus der Stufe wird mit dir hingehen wollen, Miranda.*

Schließlich bist du das beliebteste Mädchen der Klasse. Ich kann mir aber denken, von wem du aufgefordert werden willst.

Miranda: **JOSH HENDERSON!** Er ist mit Abstand der süßeste Typ aus unserer Klasse. Ich hoffe, er fragt mich bald. Sonst wäre ich gezwungen, mit jemandem hinzugehen, den ich gar nicht mag. Oder noch schlimmer – ALLEINE.

Emily: Josh fragt dich bestimmt. Wart's ab. Ihr zwei werdet das coolste Paar auf dem Ball!

Miranda: Oh, danke, Emily. Lass uns am Freitag shoppen gehen! Natürlich könnten wir auch diese durchgeknallte Katie Konrad bitten, Kleider für uns zu entwerfen. Sie hält sich für eine Fashion-Diva!
VON WEGEN. LOL!!!

Ich flüchtete auf die Toilette, so schnell ich konnte, und Sophie war dicht hinter mir.

Ich geb's zu:
Ich hab geheult. ☹ ☹

Obwohl ich vor allem megawütend auf Miranda war, brachte mich das, was sie über mich gesagt hatte, zum Weinen. Wie kann ein Mädchen nur so **GEMEIN** sein?

Und ausgerechnet JOSH HENDERSON! Warum nur? Miranda hätte jeden Jungen aus der Mittelstufe dazu kriegen können, sie zu diesem dummen, dämlichen, blöden Ball einzuladen. WARUM MUSSTE SIE SICH JOSH AUSSUCHEN?

DAS IST SOWAS VON UNFAIR!

Sophie versuchte mich aufzumuntern, aber das war zwecklos:

Sophie: *Katie, ich weiß, dass das schwer ist, aber du musst Miranda ignorieren. Was sie über dich gesagt hat war voll DANEBEN. Wenn du mich fragst, ich glaube, wir sollten für sie beten. Ich weiß, das hört sich verrückt an, aber ich glaube, genau das sollten wir tun.*

Ich: *Danke, Soph, aber ich weiß nicht, ob ich das über mich bringe. Sie benimmt sich wie ein totaler SNOB. Warum hasst sie mich bloß so? Was habe ich ihr denn getan?*

Sophie: *Gar nichts hast du ihr getan. Und egal, was Miranda Maroni labert, du hast es voll drauf als Designerin! Weißt du noch, worüber wir letztens im Teenkreis geredet haben? Im Matthäusevangelium sagt Jesus, dass wir unsere Feinde lieben und für die beten sollen, die uns verfolgen. Und vergiss nicht, Josef wurde von seinen eigenen Brüdern in eine Grube geworfen und später haben sie ihn verkauft!* **KRASS!!** *Aber er hat ihnen sogar das verziehen.*

Sophie weiß immer, was sie sagen muss, um mich zu trösten. Ich bin so froh, dass sie meine beste Freundin ist. Im Vergleich zu der Vorstellung, in eine Grube geworfen oder als Sklave verkauft zu werden, kam mir das, was Miranda gesagt hatte, schon nicht mehr ganz so übel vor. Als ich aufs Klo ging, betete ich wirklich für Miranda. Das war mit das Schwierigste, was ich je in der Schule getan habe ... aber ich HABE es getan.

TROTZDEM muss ich dauernd an den Ball denken. Was, wenn alle außer mir einen Partner haben? Klar, ich kann mit Sophie hingehen, aber das ist nicht dasselbe.

Nach der Schule ging ich nach Hause und holte mein Skizzenbuch und die Stifte hervor. Zeichnen und Klamotten entwerfen macht mich einfach glücklich. Und auch

wenn Miranda sich über mich lustig macht, weiß ich doch, dass wenigstens Sophie meine Klamotten cool findet.

Mir fielen ein paar ganz gute Entwürfe ein und die hängte ich an meine Wand. Ein paar totale FLOPS waren auch dabei, die landeten im Papierkorb. Aber ein Entwurf gefiel mir wirklich sehr viel besser als alle anderen.

Selbst Miranda könnte der gefallen!!!

Oder auch nicht …

WO WOHNT DER …???

DONNERSTAG, 18. MÄRZ

.HEUL. Ich wollte unbedingt nach Hause und über das ÄTZENDE schreiben, was mir heute passiert ist! Dabei hatte mein Tag so GENIAL begonnen. Aber dann **CRASHTE** er komplett!

Und das ging ab: Obwohl Miranda sich gestern über mich als Modedesignerin lustig gemacht hatte, beschloss ich, mutig zu sein, und meine Krazy-Krawatten-Tasche mit zur Schule zu nehmen. Sophie meinte, die hätte auch von einer berühmten Designerin wie Claire Hunter sein können. Klar, Sophie ist meine BFF und muss solche Sachen sagen. Die Krawatten, die ich für die Tasche genommen hatte, waren alle in Blau- und Lilatönen. Das passte hundert pro zu dem Pulli, den ich anhatte.

Aber was mich voll geflasht hat: Alle fanden die Tasche SUPER! Sophie sagte zweimal, das sei die coolste Tasche, die sie je gesehen hätte, und niemand könnte die nachmachen, nicht mal in einer Million Jahren. Selbst Emily ging an meinem Spind vorbei und sagte schnell: „Coole, Tasche, Katie", ehe sie zu Miranda aufschloss und rumarroganzte wie immer.

Als ich zum Kunstunterricht ging (wo ich unangefochten herrsche), war ich so gut drauf wie nie! Mrs Gibson fand meine Tasche richtig gut, und sie sagte, sie zeuge von „großer Vorstellungskraft" und spiegele meine kreative Persönlichkeit wider. So was aus dem Mund einer wahnsinnig genialen Kunstlehrerin wie Mrs Gibson, das will schon was heißen! ☺

Miranda war im Unterricht zickig wie immer, aber selbst das konnte mir nicht die Laune verderben. Ich hatte mein **Lieblingsfach** bei meiner **Lieblingslehrerin** – und hatte einen fantastischen Tag.

Mrs Gibson (BTW, habe ich schon gesagt, wie OBERGENIAL meine Kunstlehrerin ist?) hat mit uns Mosaike durchgenommen. Letzte Woche hat sie uns wunderschöne Buntglasfenster aus Kirchen auf der ganzen Welt gezeigt. UNFASSBAR. Einige stellen sogar Szenen aus der Bibel dar! Wie diese Künstler aus winzigen Glasscherben solche Bilder machen, fand ich TOTAL IRRE.

Da es zu teuer geworden wäre, mit speziellem Glas zu arbeiten, sollten wir Mosaike aus Fliesenscherben, Perlen und sogar ungekochten Nudeln machen. Yep, VOLL ABGESPACED! Mrs Gibson sagte, wir könnten uns auch selber noch Material für unser Projekt überlegen.

Die Aufgabe lautete, etwas, das uns wichtig ist, als Mosaik darzustellen. Hmmmmm ... Da fiel mir erst mal GAR NICHTS ein.

Mrs Gibson zeigte uns Beispiele von Mosaiken, die Schüler letztes Jahr gemacht hatten, und die waren ehrlich gesagt der HAMMER!

DAS WIRD KRASS!

Ich hatte keine Ahnung, was ich machen sollte. Als Mrs Gibson jedem eine Pinzette gab, damit wir die kleinen Teilchen packen und aufkleben konnten, wurde ich ganz wuschig.

Mir musste unbedingt etwas einfallen, und zwar SCHNELL! Plötzlich hatte ich es: MEINE NÄHMASCHINE. Yep! Das ist definitiv etwas, was ich täglich benutze, und meiner Mama bedeutete sie auch viel. Wenn mein Kunstprojekt einigermaßen was wurde, konnte ich es Mama vielleicht sogar zum Muttertag schenken.

Nach vier mühsamen und STRESSIGEN Versuchen brachte ich endlich eine ganz passable Zeichnung der Nähmaschine zustande und umrandete sie mit winzigen schwarzen Perlen. Ich überlegte mir bereits fieberhaft, was ich noch alles von zu Hause für mein Mosaik mitbringen könnte. Dann bekam ich einen MEGA KRAMPF in den Fingern vom langen Pinzettehalten. ☹ Geht es Dr. Hamilton genauso, wenn er mir mit diesen schrecklichen Zahnarztgeräten im Mund rumpopelt?

Nach einer gefühlten Ewigkeit hatte ich erst einen MINIKLEINEN Teil meines Mosaiks gefüllt. AU WEIA. Das würde eine EWIGKEIT dauern. Alle mussten echt vorsichtig sein, um nicht an die Arbeiten der anderen anzustoßen, denn ein kleiner Ruck, und die Teilchen würden überall herumfliegen.

Es hätte mich nicht überraschen sollen, als ich sah, was für ein Motiv Miranda sich überlegt hatte: einen

Volleyball. Eigentlich ein WUNDER, dass sie keinen SPIEGEL machte!

Wenn du mich fragst, sah Mirandas Volleyball eher wie ein oranges Ei aus, aber das fiel natürlich niemandem auf, weil Miranda das BELIEBTESTE Mädchen ist und alle sie für PERFEKT halten. Ich hörte sogar Emily sagen: *„Miranda, ich finde, dein Bild ist soooo ultimativ, voll die Kunst irgendwie!"*

SCHON KLAR, Emily musste so was ja sagen. Sie ist eben Emily – Mirandas größter und einziger Fan. Offensichtlich braucht sie aber eine Brille, denn Mirandas Mosaik war ALLES ANDERE als „voll die Kunst". Es war eher „voll verhunzt", wenn ihr mich fragt.

Aber ich habe nichts gesagt. Ich versuchte, nicht die gemeinen Sachen zu sagen, die mir im Kopf herumschwirrten.

(Hab ich erwähnt, DASS DAS KRASS HART IST?)

Obwohl Sophie von allen in der Klasse die beste Idee hatte, sah ihr Mosaik eher nicht so toll aus. Sie hatte beschlossen, ein Kreuz zu machen, aber ihre Linien waren nicht so richtig gerade. *„Jetzt weißt du, warum ich Kunst nicht leiden kann"*, sagte sie übelst frustriert.

ICH BIN MIR GANZ SICHER, dass ich Miranda lachen gehört habe, als sie an Sophies Projekt vorbeiging.

VOLL FIES!

Klar, dass Sophie das alles total peinlich war, und ich versuchte, sie aufzumuntern. *„Hey, wenigstens hattest du die beste Idee, Soph. Dass Jesus für uns am Kreuz gestorben ist, ist doch das Wichtigste überhaupt!“*, sagte ich. *„Ich hätte selbst darauf kommen müssen.“* Ich sprach absichtlich schön laut, damit Miranda mich hörte.

UND GENAU DA PASSIERTE DER TOTALCRASH MEINES TAGES. ☹☹☹

Als Mrs Gibson im hinteren Teil des Klassenzimmers Arbeiten korrigierte, stieß Miranda plötzlich „aus Versehen“ an meinen Tisch. DIE PERLEN FLOGEN IN ALLE RICHTUNGEN. Es hörte sich an wie Popcorn, wenn es aufpoppt.

TOTALSCHADEN!

Und Miranda stand da, klimperte mit den Wimpern, quetschte ein kleines *„Huch, das tut mir aber leid, Katie Konrad"* heraus und musste sich das Grinsen verkneifen.

GRRRRR ... Das hat sie mit ABSICHT gemacht und alle wussten es!

Alle außer Mrs Gibson.

Sie versucht immer, von jedem das Beste anzunehmen, was VERMUTLICH richtig ist. Aber ich schwör's, ich KANN NICHTS Gutes an Miranda Maroni finden.

NICHTS, ABER AUCH GAR NICHTS.

Ich habe schnell versucht, die Perlen wieder aufzukleben, aber es war nutzlos. Je mehr ich mich bemühte, desto schlimmer wurde es – am Schluss klebten mir sogar drei Finger zusammen! Es war eine KATASTROPHE.

Und da wir nur einmal in der Woche Kunst haben (was voll unfair ist), werde ich vermutlich eine schöne dicke 5 für dieses Projekt kriegen. Diese Schande werde ich mein Leben lang mit mir herumtragen, weil jeder weiß, dass ich in Kunst die Beste in der Klasse bin ... oder WAR.

JETZT NICHT MEHR. ☹ ☹

VIELEN DANK,
MIRANDA MARONI!

Für die Gebetsliste: Nimm dir ein Beispiel an Mrs Gibson und versuche, wenigstens ETWAS Nettes an Miranda zu finden, obwohl sie (a) dein Kunstprojekt ruiniert hat und (b) SO GEMEIN ist!

FREITAG, 19. MÄRZ

ICH WAR IN MEINEM GANZEN LEBEN NOCH NIE SO FROH ÜBER EINEN FREITAG!

Ich dachte, Miranda würde sich vielleicht dafür entschuldigen, dass sie gestern mein Projekt zerstört hat, aber PUSTEKUCHEN. Nicht umsonst ist sie Miranda Maroni. Es dreht sich IMMER ALLES um SIE.

Wenn sie mal nicht ununterbrochen von ihrem neuesten SCHNICKSCHNACK redet, textet sie uns zu, wie toll sie doch beim letzten Volleyballspiel war. Jeder in der Klasse muss sich anhören, wie viele Punkte sie gemacht hat, wie oft sie geschmettert hat, und bla, bla, bla. ES. HÖRT. NICHT. AUF.

Klar, dass Miranda gar nicht so viel schmettern könnte, wenn sie Emily nicht hätte, die normalerweise die Bälle für sie stellt. Wenn du mich fragst, ist Emily die wichtigste Spielerin des Teams.

Ich bekomme schon schlechte Laune, wenn ich nur an Miranda denke. **HABE ICH SCHON GESAGT, WIE FROH ICH BIN, DASS FREITAG IST?**

Ich habe mich so bemüht, den Tag rumzubekommen, ohne alle anzuzicken, und stattdessen habe ich die Nase in mein Skizzenbuch gesteckt. Ich habe eine Spitzenidee für eine Schürze für Sophie. Sie hängt ja ständig in der Küche rum und kocht oder backt was Leckeres, also braucht sie ein Katie-Konrad-Fashion-Accessoire zum Schutz für ihre Klamotten.

Endlich konnte ich nach Hause und eine Weile allein sein. Ich schloss die Tür, legte mich aufs Bett, hörte meine Lieblingsmusik und betete.

Dann machte ich mich daran, den Stoff für Sophies Schürze zuzuschneiden. Immer wenn Mama einen Stoff im Angebot entdeckt und denkt, er könnte mir gefallen, bringt sie ein paar Meter mit. Sophies Lieblingsfarbe ist Orange, darum wählte ich einen mit Früchten bedruckten Stoff in Orange und Pink. Und auf die Tasche werde ich ein orangefarbenes S malen. Ich freue mich schon auf ihr Gesicht, wenn ich die Schürze fertig habe! ☺

Klar, dass ich sie Sophie nicht übergeben werde, wenn Miranda irgendwo in Sicht ist. Dann wäre ich die Lachnummer der Klasse! ☹

Ich habe auch eine mega Idee für ein neues Kleid! Na ja, richtig neu ist das Kleid nicht, aber es wird ABSOLUT NEU aussehen, wenn ich es fertig habe. ☺ Ich habe es in einem Vintage-Laden für nur DREI Dollar erstanden! Wenn ich die Ärmel abgenommen und einen neuen Gürtel gemacht habe, wird es LASERCOOL aussehen. Entwürfe zu zeichnen hilft mir immer, mich von Sachen abzulenken – von so Sachen wie Miranda … UND dem Schulball.

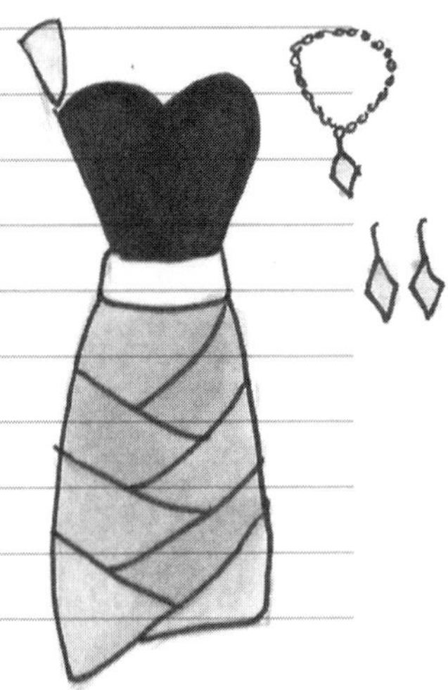

Übrigens, meine Gebetsliste
wird immer lääääääääääänger.
Und Miranda steht ganz
OBEN! ☹ Abwarten …

Mama kam spät von der Arbeit nach Hause … MAL WIEDER. Bei ihren Arbeitszeiten und Papas Angewohnheit, sich in seinem Büro einzubunkern, sind wir als Familie eher selten mal alle zusammen. Aber ich habe Mama gleich angesehen, dass sie total gestresst war. Irgendetwas mit einer „störrischen Patientin, die sich keine Spritze in den Mund geben lassen wollte". NA, WER WILL DAS SCHON?

Mama arbeitet in einer Zahnarztpraxis für Kinder und assistiert Dr. Hamilton. Wie sie das den ganzen Tag lang aushält, ist mir ein Rätsel. Mama muss schreiende Kinder beruhigen und mehr oder weniger gleichzeitig Dr. Hamilton die Instrumente des Grauens reichen. Wenn ich dorthin gehen muss, schließe ich die Augen, sobald Dr. Hamilton sich mir nähert und dabei diese Maske trägt und ein unheimliches Gerät in der Hand hält. Das ist wie eine Szene aus einem HORRORFILM!

Wenn Mama jetzt auch schlecht drauf ist, ersparen wir uns vielleicht die B.S.E-Runde – so nenne ich das wenigstens im Stillen. Dabei muss jeder beim Abendessen eine Besondere Sache Erzählen, die er tagsüber erlebt hat.

GRUSEL.

Manchmal macht das ja Spaß, aber heute garantiert nicht.

Gott, bitte mach, dass es heute Abend keine B.S.E-Runde gibt!

Ich bin viel zu sauer wegen Miranda und diesem blöden Schulball, als dass mir irgendetwas Besonderes an meinem Tag einfallen würde. Und ich habe nicht die geringste Lust, den Virus und Rosie länger anzusehen als unbedingt nötig. Dieses verrückte Stinktier lauert rund um die Uhr darauf, sich auf jeden Krümel Essen zu stürzen, den es ergattern kann. Warum darf dieses Stinkviech überhaupt mit uns am Tisch sitzen? **WARUM???**

Ich würde lieber ganz entspannt vor dem Fernseher essen. Vielleicht hilft mir eine nette Sendung, das Kunstprojektdesaster und Miranda für eine Weile auszublenden.

Natürlich wird der Virus wieder auf SEINEN Lieblingssender umschalten und SEINEN Willen durchsetzen, weil er ja das Baby ist. (Das ist sowas von nicht fair.) Ich werde wieder mal gezwungen sein, den Tierkanal zu gucken, wo ein Ziegenbock dauernd in Ohnmacht fällt oder man Scheußlichkeiten wie die Japanische Riesenkrabbe anschauen muss. **BÄH!!!!!!!!!!!!**

GTG! Höre gerade Mama brüllen, dass das Abendessen fertig ist …

See you L8R!

JA!!!! Mama ist heute Abend eingeknickt und hat gesagt, der Virus und ich kriegen Pizza zum Abendessen und dürfen auf dem Sofa essen. ☺ ☺ ☺

Ich stürzte in die Küche und sicherte mir ein schönes saftiges Stück Peperoni-Pizza, bevor der Virus und Rosie sich darüber hermachen konnten.

Ich hatte Glück: Die beste Show aller Zeiten fing gerade an: FASHION STAR FEVER!

Jede Woche darf da ein junger Designer Sachen für eine Modenschau entwerfen. Wenn die Jury von den Klamotten überzeugt ist, werden die Sachen dann tatsächlich produziert und in einem Laden verkauft!!! **WIE COOL IST DAS DENN!?** Ich glaube, ich würde ohnmächtig werden, wenn ich jemanden in einem von mir designten Outfit auf der Straße sehen würde. Falsch, ich würde GARANTIERT ohnmächtig werden!

Als ich es mir gerade auf der Couch gemütlich gemacht hatte und meine Show gucken wollte, stürmte der Virus mit Rosie ins Wohnzimmer. Er schnappte sich die Fernbedienung und schaltete so eine hirnverbrannte Sendung ein mit dem Titel „Die Riesennager Südamerikas".

JAUUUUUL!!!!!!!

Ich: *Okay, WARUM gucken wir jetzt das? Du WEISST doch, dass jetzt meine Lieblingssendung läuft. Ich sage es Mama!*

IGITT!

Linus: Wer will schon eine dämliche Show über alberne Klamotten gucken? Das ist dumpfbackig. Heute Abend kommt etwas über ein Riesennagetier, ein WASSERSCHWEIN! Weißt du, was das ist? Das ist ein riesiges MEERSCHWEINCHEN! Die haben drei Zehen an den Hinterpfoten und vier Zehen an den Vorderpfoten! Außerdem sind das halbe Wasser-tiere, die können also halb im und halb außerhalb vom Wasser leben – zum Beispiel in unserer Badewanne! Vielleicht kriege ich Mama und Papa dazu, mir eins zu kaufen! Es heißt, dass die sehr zutraulich und reviertreu werden können, wenn man sie dazu erzieht.

Ich: BIST DU VÖLLIG ÜBERGESCHNAPPT? MIR REICHT'S! Ich geh auf mein Zimmer!

Als ich Mama und Papa erzählte, was der Virus gemacht hatte, bekam ICH einen Anschiss, weil ich ihn angeschrien hatte. Ich konnte es nicht fassen! Manchmal wünschte ich, ich wäre ein Einzelkind. Dann bräuchte ich mir wenigstens keine Sorgen zu machen, welches eklige Viech als Nächstes in unser Haus geschleppt wird!

Ich ging direkt in mein Zimmer, holte mein Tagebuch hervor und setzte den VIRUS und ein WASSERSCHWEIN auf meine Gebetsliste.

GOTT,
BITTE BEWAHRE
MICH VOR EINEM
RIESENMEER-
SCHWEINCHEN!

Ich habe mein ganzes Zimmer auf den Kopf gestellt, um Sachen zu finden, mit denen ich mein ruiniertes Kunstprojekt retten könnte. Das hat mich natürlich an Miranda erinnert, und da kam ich dann endgültig schlecht drauf. ☹☹

SAMSTAG, 20. MÄRZ

Wenn Mama ERNSTHAFT wollte, dass ich nett zum Virus bin (so nett, dass sie mich kaum wiedererkennen würde), dann würde sie Papa davon überzeugen, dass ich WAHNSINNIG dringend ein neues Handy brauche.

Ich bin die Einzige aus meiner Klasse mit einem Handy, das noch von Noahs Arche stammt. JA, so URALT ist es.

Mama hat mir ihr altes Handy überlassen, als sie sich ein neues mit allem Schnickschnack zugelegt hat, logo. Das hat -zig kostenlose Apps drauf, mit denen sie natürlich ÜBERHAUPT NICHTS anfangen kann! WhatsApp, iTunes, alles. Wozu braucht Mama das?

WOZU???

Aber klar, Katie kriegt das olle Handy, das nicht mal internetfähig ist! **WER TUT SEINEM KIND SO WAS AN?** Ich sag's dir: Die Art Eltern, die ihrem Kind auch ein blödes Tagebuch schenkt! DEIN ERNST?!?!? Hat die noch nicht gemerkt, dass wir im 21. Jahrhundert angekommen sind?

Vielleicht kapiert sie es ja EINES TAGES, aber darauf gehe ich keine Wette ein.

S.C.H.N.A.U.B.

Hightech-Handy + Mama = total sinnlos
Hightech-Handy + Katie = obercool!
(Extrabonuspunkte, wenn ich ein Handy mit stylisher Hülle kriege! ☺☺☺☺)

Ich habe beschlossen, Mama erst nach dem Abendessen (damit sie vorher Stress abbauen kann) zu erklären, WARUM ich unbedingt ein neues Handy brauche. Vielleicht erstelle ich nachher sogar noch eine Powerpoint-Präsentation, um mein Anliegen wirklich klar rüberzubringen, mit Wow-Effekt.

MIST. Offensichtlich habe ich nicht lange genug gewartet …

Ich: *Äh, Mama, du weißt ja, dass ich immer rechtzeitig ins Bett gehe UND immer vor dem Schlafen bete, deshalb würde ich gerne mal eben was mit dir besprechen. Ich brauche nämlich ECHT UNBEDINGT ein neues Handy. Sophie hat auch gerade eins gekriegt, ein irres Teil. Du kannst ja mal mit ihrer Mutter reden, wenn du willst.*

Mama: *Katie, es freut mich, dass du rechtzeitig ins Bett gehst und vor dem Schlafen betest, aber das heißt noch lange nicht, dass du alles bekommst, was und wann du willst. Wir können uns im Moment kein neues Handy für dich leisten, Schatz. Du weißt doch, dass wir gerade für die Missionare in Übersee sparen, die nicht genug Materialien für ihre Camps haben. Dein altes Handy ist doch völlig in Ordnung. Du sollst in der Schule eh nicht telefonieren. Und wenn du zu Hause bist, kannst du Sophie vom Festnetz aus anrufen, wie gehabt. Was ist denn dabei?*

Ich, mega enttäuscht: Aber Mamaaaa! Das ist es ja gerade – das Alte ist so was von ALT! Es ist voll unfair! Ich habe das hässlichste Handy der ganzen Klasse. Ich werde auch immer lieb sein! Großes Ehrenwort! Und ich werde mich bemühen, netter zum Virus, äh, zu Linus zu sein! Meine Noten sind super … na ja, okay, sie sind gut – immerhin hab ich keine einzige Vier! Ich mache sogar fast jeden Morgen mein Bett! Dafür habe ich doch wohl ETWAS verdient!

Mama: Katie Konrad, nur weil wir glauben, etwas verdient zu haben, heißt das nicht, dass uns jeder Wunsch im Handumdrehen erfüllt wird. Das weißt du doch. Vielleicht kannst du dir von deinen Ersparnissen selbst ein neues Handy kaufen. Und jetzt ist Schluss mit der Diskussion. Denk drüber nach, wir reden später noch mal darüber. Zeit zum Schlafengehen. Ich hab dich sehr lieb.

Ich: ☹☹☹☹

GEBETSLISTE: Um Zufriedenheit beten … mal wieder!!!!!

SONNTAG, 21. MÄRZ

Obwohl ich immer noch sauer auf Mama bin, weil sie mir kein Smartphone kauft, war ich heute im Gottesdienst ausnahmsweise froh, dass ich keins habe.

Sophie hatte noch kurz vor dem Gottesdienst mit ihrer Cousine auf dem Handy telefoniert, und als sie das Handy danach in ihre Handtasche schmiss, hat sie vergessen, es stumm zu schalten! BLÖDERWEISE hat ihre Cousine zurückgerufen – JUST WÄHREND DER GEBETSZEIT. Das Timing hätte nicht schlechter sein können!

Wir wollten gerade „Amen" sagen, als plötzlich „I LIKE TO MOVE IT MOVE IT!" aus diesem Madagaskar-Film losging, ihr Klingelton. Alle haben sich zu Sophie umgedreht.

Sophies Gesicht nahm jeden nur menschenmöglichen Rotton an. SIE TAT MIR SO LEID! Wie sie fieberhaft an ihrer Tasche rumgezerrt hat, um den Reißverschluss aufzukriegen und das Handy auszuschalten! So habe ich sie noch nie gesehen!

Der Virus fand das natürlich oberlustig. Er giggelte in der Reihe hinter mir und kippte fast vom Stuhl vor Lachen. Ich habe das Gefühl, Sophie wird auch bald anfangen zu beten, dass Gott ihr Geduld mit meinem verrückten Bruder gibt!

Bis auf den Zwischenfall mit dem Handy war der Gottesdienst heute wirklich cool. Eine Frau vom Missionswerk „Licht im Westen" erzählte von ihrer Arbeit im Südwesten der Vereinigten Staaten, wo sie in den Reservaten unter den Indianern leben. Mir war nicht klar gewesen, dass es innerhalb eines Landes so krass verschiedene Landschaften gibt! Unvorstellbar, so ein Leben in der Wüste, wo überall Kakteen rumstehen. Das ist bestimmt COOL. Und da wäre Miranda Maroni wenigstens außer Sichtweite!

Als Modedesignerin, die Kleidung für Leute von überall entwerfen will, beschloss ich, gleich nach dem Gottesdienst eine Google-Suche zu den Stichwörtern „MODE, SÜDWESTEN, USA" zu machen.

Google lieferte mir mega viele echt inspirierende Bilder! Cowboystiefel! Bunte Röcke und lässige Jeansjacken! Westernmode rockt total! Und, WOW, als ich „traditionelle indianische Kleidung" eingab, stieß ich auf echt irre Klamotten in allen Regenbogenfarben.

Den Rest des Nachmittags verbrachte ich damit, Westernmode à la Katie Konrad zu zeichnen. Wer weiß, vielleicht entwerfe ich eines Tages noch meine eigene Westernstiefel-Kollektion!

Nach dem Abendessen habe ich Mama und Papa meine Entwürfe gezeigt und die fanden sie auch cool. Papa hat erzählt, dass er nach dem Gottesdienst noch mit der Frau vom Missionswerk gesprochen hat. Ihr Vortrag hat ihn so angesprochen, dass er uns als ganze Familie als Helfer bei einem Ferieneinsatz in einem Apachen-Reservat in Arizona angemeldet hat. Der findet natürlich statt, wenn die Kinder dort gerade Frühlingsferien haben, aber Papa ist so von der Sache überzeugt, dass er dafür in Kauf nimmt, dass Linus und ich ein paar Tage Schule verpassen.

Ich glaube, er hat gesagt, wir fahren am 6. April, was gar nicht mehr lang hin ist.

MOMENT ... MOMENT ...

6. APRIL? **DAS IST JA NUR ZEHN TAGE VOR DEM GROßEN BALL!**

Und vorher habe ich noch tausend Dinge zu erledigen!

1. Alles tun, damit mein Mosaik keine **RIESENPLEITE** wird.
2. Ein paar meiner angefangenen Entwürfe fertigstellen.
3. Ein Kleid für den Schulball finden. Denn wenn mich jemand – Josh! – fragt, muss ich bereit sein, richtig?

MONTAG, 22. MÄRZ

Es war echt hart heute, zur Schule zu gehen und Miranda ins Gesicht zu sehen. Bei ihrem Anblick musste ich immer an mein verhunztes Projekt denken und dann sah ich im Geiste wieder die Perlen durchs ganze Klassenzimmer fliegen. ☹

Wenn ich mein Projekt nicht noch retten kann, und zwar SCHNELL, dann bekomme ich eine dicke fette Vier in Kunst. DAS GEHT GAR NICHT! ☹☹☹☹

Wenigstens wird es keine Sechs. Trotzdem, bei uns zu Hause gilt eine Vier als Totalabsturz.

AAARRRRGGGGHHHH …

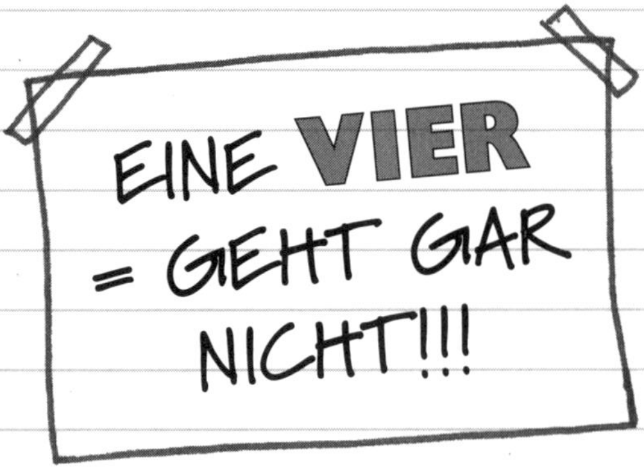

Miranda besaß sogar die Dreistigkeit, heute Morgen auf dem Weg zu ihrem Spind mit mir REDEN zu wollen. Ihr Spind ist ganz in der Nähe von meinem und Sophies. Ich murmelte ein flüchtiges, „Hi, Miranda“, und knallte meine Spindtür zu. Dann fixierte ich mich voll auf Sophie.

Doch plötzlich vergaß ich alles, was ich tat, als ich die Stimme von Mrs Gibson hörte, die eine Durchsage machte:

Mrs Gibson: *Liebe Schülerinnen und Schüler, ich freue mich, verkünden zu dürfen, dass unsere Schulleitung beschlossen hat, zum ersten Mal in unserer Geschichte einen Kunstwettbewerb für die Mittelstufe zu veranstalten. Es stehen verschiedene Mitmachkategorien zur Auswahl. Informiert euch an dem großen Plakat im Kunstraum. Der Gewinner oder die Gewinnerin des ersten Preises erhält eine wunderschöne Urkunde und 25 Dollar, außerdem fließt der Preis in die Kunstnote ein. Ich wünsche allen viel Glück und denkt daran: DIE KUNST REGIERT!*

Ich musste unbedingt mit Sophie darüber reden! Obwohl der Abgabeschluss erst Ende April war, musste ich JETZT LOSLEGEN.

Ich: *Es gibt nur EINE Möglichkeit, wie ich meine Kunstnote noch mal rausreißen kann: Ich muss diesen Wettbewerb gewinnen. Wenn ich auf der Vier sitzen bleibe, BIN ICH VERLOREN. Oh, und habe ich schon*

erzählt, dass Papa uns alle für einen Missionseinsatz angemeldet hat, der in ein paar Wochen losgeht? OBERSCHLECHTES TIMING.

Sophie: Warum müssen eigentlich ALLE etwas für diesen Kunstwettbewerb einreichen? Es weiß doch jeder, dass du in Kunst die Beste der Schule bist. Wenn das jetzt eine naturwissenschaftliche Kiste wäre, okay. Aber was soll ICH für einen Kunstwettbewerb machen? Das ist doch krank. Oh, aber das mit dem Missionseinsatz klingt super, wenn du mich fragst.

Ich: Meinst du? Ich weiß nicht recht. Und du bist doch voll gut in zig Sachen! Außerdem hat Mrs Gibson gesagt, dass es ganz verschiedene Kategorien gibt: nähen, zeichnen, malen – sogar fotografieren! Vielleicht kannst du ja ein cooles Foto von diesen Cupcakes machen, die du dauernd backst.

Sophie: Ach, das sähe bestimmt nur blöd aus. Kunst ist einfach nicht mein Ding. Ich kann mir aber schon denken, was du machen willst – Nähen, stimmt's? Da kommt sicher wieder ein Megaentwurf raus.

Doch gerade, als ich Sophie erklären wollte, dass ich gar nicht vorhatte, etwas Selbstgenähtes einzureichen, musste Miranda ihren Senf dazugeben. Sie hatte mit Emily vor ihrem Spind gestanden und alles mitgehört. „Meinst du NOCH IMMER, du wärst eine Modedesignerin? **ECHT?** Also, Katie Konrad, wenn du mal ein Model brauchst, lass es mich wissen. Ich stehe zur Verfügung."

Damit stolzierte sie den Gang hinunter. Ihr Pferdeschwanz wippte in der Luft.

AAARRRGH! DIE FRAU MACHT MICH NOCH VERRÜCKT!

Zu allem Übel hatten wir dann auch noch Bio – für mich gibt es kein schlimmeres Fach. ☹

Wenigstens war Sophie heute meine Partnerin. Mr Finkelman (ja, so heißt er WIRKLICH!) wollte, dass sich jeder einen Laborpartner sucht, und ich habe meine beste Freundin genommen. Ich habe mich gefragt, wer wohl mit Miranda zusammenarbeiten will. Doch dann sah ich, dass sie neben Emily stand – WIE IMMER.

WAR JA KLAR.

Vielleicht wäre Emily nicht so verständnisvoll, wenn Miranda IHR Kunstprojekt zerstört hätte.

9
10

Mr Finkelman hielt uns einen Vortrag über Zellen, der für mich **NULL SINN** machte. NULL, KEIN STÜCK, NICHT DIE BOHNE.

Ich verstand kein Wort! Sophie aber schien das Ganze sogar zu gefallen, und sie schrieb eifrig alles mit, was er sagte. STRANGE! Vielleicht kann sie mir das später ja übersetzen.

Ich kann Naturwissenschaften NICHT LEIDEN und frage mich, wozu man ÜBERHAUPT wissen muss, wie eine Zelle aussieht – man kann sie ja noch nicht mal mit dem bloßen Auge sehen!

Wie gesagt, STRANGE!

Mr Finkelman zeichnete eine Zelle an die Tafel und wir sollten das in unsere Hefte abzeichnen. Alle Zellteile mussten beschriftet werden, was mir wie die totale Verschwendung von gutem Skizzenpapier vorkam.

Aber dann ließ Mr Finkelman ECHT die Bombe platzen:

„Als Hausaufgabe sollt ihr selbst eure eigene Version einer Zelle entwerfen und entsprechend beschriften. Ihr könnt in euren Teams arbeiten und habt bis übermorgen Zeit. Viel Erfolg! Denkt auch mal quer und seid so richtig kreativ!“

HÄ???

Was für ein Lehrer denkt sich denn so ein abgedrehtes Projekt aus? Und warum gibt er uns dafür nur zwei Tage Zeit? KOMM SCHON!

Ich hoffte, dass Sophie etwas einfallen würde, weil ich KEINEN BLASSEN SCHIMMER hatte. Ich konnte nur an den Kunstwettbewerb denken, für den schon in wenigen Wochen Abgabetermin war. ICH BRAUCHE EINE IDEE, UND ZWAR SCHNELL!

Zum Glück machte Sophie schon eine To-do-Liste für unser Zellprojekt. Ich habe ja schon erzählt, dass sie extrem schlau ist! Dieses Mal aber glaubte ich wirklich, sie sei übergeschnappt …

Gut, wenn meine Superhirn-BFF meint ...

Für die Gebetsliste:

1. Ich brauche eine Idee für den Kunstwettbewerb.
2. Ich darf unser Zellenprojekt nicht ruinieren!

DIENSTAG, 23. MÄRZ

Es passt mir überhaupt nicht, dass ich heute nach der Schule an dem langweiligen Projekt für Bio arbeiten muss. Ich würde mich viel lieber auf Kunst konzentrieren und mir etwas für den Wettbewerb einfallen lassen. Wenn die anderen wüssten, dass ich NULL Ideen habe und komplett hirnblockiert bin, würden sie sich kranklachen.

Einschließlich Josh Henderson. Wenn der überhaupt mal Notiz von mir nimmt, dann nur, wenn ich in Kunst etwas Cooles zeichne.

NUN, DIE ZEITEN SIND VORBEI!

Die Zeiten, in denen Katie Konrad die 1+ Kunstschülerin war, sind V-O-R-B-E-I. ☹

Wenigstens machen Sophie und ich dieses Projekt zusammen. Bin bloß froh, dass noch IRGENDJEMAND eine Idee hat! Trotzdem glaube ich, dass Sophie übers Ziel hinausgeschossen ist, wenn ich mir die Liste mit den Sachen angucke, die ich im Supermarkt besorgen soll. Das sieht mehr nach Zutaten für eines ihrer Kochrezepte aus – NICHT NACH EINEM WISSENSCHAFTLICHEN PROJEKT.

KATIES LISTE	SOPHIES LISTE
Kleine Marshmallows	Wackelpudding Zitrone
Lakritzschnecken	Saure Gummis und Haribo Pico Balla
Große Kaugummikugel	Reißfeste durchsichtige Plastiktüte für den Wackelpudding

Ich habe Papa über WhatsApp gebeten, beim Supermarkt vorbeizufahren und mir die Sachen von der Liste mitzubringen. Man beachte: Ich sagte WHATSAPP – Sophie war so nett, mich IHR Handy benutzen zu lassen, weil WHATSAPP AUF MEINEM HANDY NICHT FUNKTIONIERT. Ich habe mir vorgenommen, das noch auf meine Liste mit den Gründen zu setzen, warum ich unbedingt ein neues Handy brauche. Bestimmt wird Grund Nr. 27, *FÜR WICHTIGES SCHULZEUG*, meinen Eltern endlich einleuchten.

Als ich zu Sophie kam, hatte sie schon alles in der Küche bereitgestellt. Küchenhelfer, Töpfe, Pfannen und alle möglichen Zutaten standen überall herum. Die

Küche sah aus wie das Labor eines durchgeknallten Wissenschaftlers!

Sophie trug auch die Schürze, die ich für sie gemacht habe. ☺ Die passte perfekt und sie hatte sogar ein dazu passendes oranges T-Shirt an. Es sah fantastisch aus! Wenigstens gibt es EINE an der Schule, die an mich glaubt!

Ich tat einfach genau das, was Sophie sagte, um nicht alles zu ruinieren. Ich merkte ja, dass meine BFF genau wusste, was sie tat.

Wir rührten den Wackelpudding mit Wasser an und gossen ihn in die Plastiktüte – das war die Zellwand. Der Wackelpudding war das Zytoplasma, und die große Kaugummikugel der Zellkern. Während das Zeug im Kühlschrank gelierte, fügten wir die verschiedenen Süßigkeiten hinzu, die die unterschiedlichen Zellteile sein sollten: Vakuole, Ribosomen, Lysosomen, Golgi-Apparat und Mitochondrium. Das war viel schwieriger als die Backpulver-Vulkane, die ich sonst immer gemacht habe!

Es sah ziemlich gut aus und es ist echt cool, dass Gott jedes Lebewesen mit so vielen interessanten Teilen ausgestattet hat. Ganz schön fantasievoll! Vielleicht kann ich Zellen doch ein bisschen was abgewinnen …

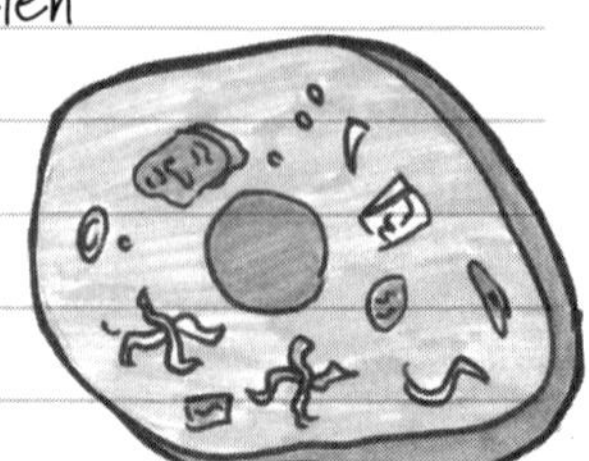

Mr Finkelman wird BEGEISTERT sein! Ich überlasse es Sophie, das Zeug morgen mit zur Schule zu bringen. Schließlich war es ihre Idee.

Anmerkung in eigener Sache:
MIRANDA VON UNSEREM PROJEKT FERNHALTEN!!!

Den Rest des Nachmittags habe ich Sachen für mein Mosaik-Nähmaschinen-Projekt gesucht. In ein paar Tagen habe ich wieder Kunst und wir müssen unsere Arbeiten in der nächsten Stunde abschließen. Immerhin war Mrs Gibson so nett, uns zu erlauben, unsere Werke mit nach Hause zu nehmen. Ich zermarterte mir stundenlang das Hirn, aber mir fiel nichts Brauchbares ein. Doch dann hatte Mama die RETTENDE Idee!

Mama (genial): *Hey, Katie, warum nimmst du nicht ein paar der alten Garnrollen, die du nicht mehr brauchst? Bei manchen ist doch auch noch etwas Garn drauf, das macht dein Mosaik bunter.*

Ich (dankbar): *Mama, du bist ein GENIE! Jetzt WEIß ich, woher ich meine künstlerische Ader habe. Das ist eine Superidee!*

Mama (wunderbar): *Papa hat auch noch ein paar Fliesen von unserer Badezimmerrenovierung übrig. Vielleicht kann er die in kleine Stückchen zerschneiden, dann hast du etwas, um die Lücken aufzufüllen.*

Schnell machte ich mich mit Pinzette und Kleber an die Arbeit. Auf meinem Bild klebten nur noch verstreut einige wenige schwarze Perlen. Sorgsam füllte ich die Zeichnung mit den Plastikgarnrollen und den blauen Scherben. Ohne angeben zu wollen: Es sah echt cool aus. Es wird vielleicht nicht das beste Mosaik der Klasse sein, aber es sollte reichen, um die Vier abzuwenden.

Und wenn ich RICHTIG Glück habe, GEFÄLLT ES VIELLEICHT SOGAR JOSH! Das wäre die Krämpfe in meinen Fingern absolut wert!

Für die Gebetsliste:

1. Gott für eine beste Freundin wie Sophie Martin danken. ☺
2. Gott für so eine kreative Mama danken!

MITTWOCH, 24. MÄRZ

Ich hatte recht: Mr Finkelman WAR BEGEISTERT VON UNSEREM ZELL-PROJEKT! JA! JA! JA!

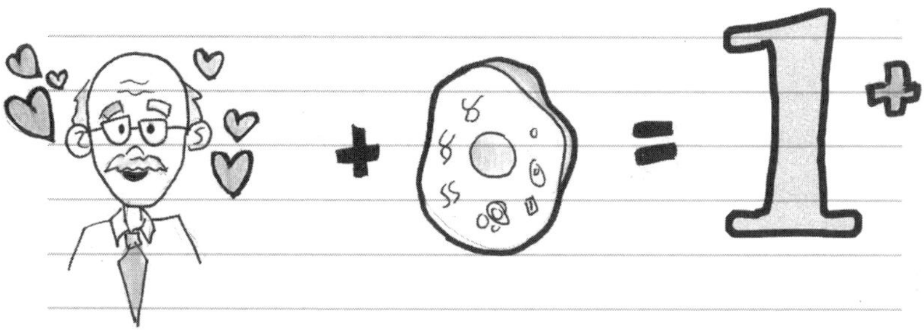

Und es kommt noch besser: Miranda war heute gar nicht in der Schule, darum brauchten wir uns auch keine Sorgen zu machen, sie könnte „aus Versehen" dranstoßen und eine Katastrophe verursachen.

YES!!!

Ich hörte, wie Emily Sophie erzählte, dass Miranda wegen irgendwas gestresst ist. VIELLEICHT weil sie sich endlich mal klargemacht hat, wie fies sie sich allen gegenüber benimmt.

Aber was rede ich da? Es regt sie vermutlich nur auf, dass sie diesen Monat nicht jedes einzelne Teil aus der *Teens' Vogue* hat.

UNFASSBAR!!!

Nachdem wir für unser Zellprojekt eine funkelnde 1+ eingeheimst hatten (DANKE, SOPHIE!), beschlossen wir, das Zeugs mit zu mir nach Hause zu nehmen und unseren Erfolg auf die perfekte Art zu feiern: ES AUFESSEN!!!

Doch anstatt mich zu sorgen, dass Miranda unser Projekt in der Schule zerstören könnte, hätte ich lieber an die REALE BEDROHUNG bei uns zu Hause denken sollen:

DER VIRUS!!!!!!!!!!

Wir hatten unser Projekt nur kurz auf den Tisch gestellt, um eine Flasche Mineralwasser aus dem Kühlschrank zu holen, da war diese Stinktierplage von einem Haustier schon auf den Tisch gehopst und hatte SEINE DICKE FETTE HAARIGE NASE IN UNSERE WACKELPUDDINGZELLE GESTECKT!

GRRRRRRR ...

Es dauerte keine zwei Sekunden, da hing Rosie ein Stück saures Gummi aus dem Maul, an ihrem Schwanz klebten Marshmallows und sie sah aus wie der totale Freak.

Und das Schlimmste: DER VIRUS FAND DAS AUCH NOCH SÜẞ!

NICHT!!! KEIN STÜCK!!! NULL!!!

Kein Wunder, dass Sophie nie zu mir nach Hause kommt.

Vielleicht kann ich bei ihr einziehen!

Ich musste mich sehr anstrengen, um den Virus nicht die ganze Zeit anzuranzen. Und zu allem Überfluss haben wir auch noch eine B.S.E-RUNDE gemacht!

JAUL!!!!!

Was findet Mama nur daran? Wenigstens hat sie eines meiner Lieblingsessen gekocht: Spaghetti mit Frikadellen und Knoblauchbrot. KÖSTLICH.

Wir sind bestimmt halb italienisch, weil Mama die weltbesten Spaghetti macht. Und da ich italienisches Essen LIEBE, stammt bestimmt ein Teil meiner Familie aus Rom – klaro? Vielleicht habe ich ja daher meinen guten Modegeschmack! Die Italiener haben jedenfalls genauso viel Stil wie die Designer in Paris. Vielleicht komme ich ja eines Tages auch auf das Cover einer italienischen Modezeitschrift!

Als Mama uns schließlich zum Essen rief, passierte genau das, was ich erwartet hatte: **STINKBOMBE ROSIE** musste natürlich am Tisch um meinen Bruder herumscharwenzeln. Vielleicht esse ich extra viel Knoblauchbrot und hauche den Virus nach dem Essen an. Anders kann ich mich nicht revanchieren, da ich kein ekliges, stinkendes Haustier habe!

Mama: *Ich hoffe, ihr habt alle einen tollen Tag gehabt und könnt uns etwas Schönes erzählen! Ich habe die Familie eines Patienten aus der Zahnarztpraxis zum Gottesdienst eingeladen. Sie sind neu hier und wollen versuchen, am Sonntag zu kommen. Ich sagte, wir würden uns freuen, wenn sie sich zu uns setzen.*

Papa: *Das ist toll, Liebes! Ich kann berichten, dass ich gerade unsere Flugtickets nach Arizona bekommen habe. Ich dachte, du und die Kinder könntet die Verantwortung für die Kunst- und Bastelworkshops übernehmen. Katie, hast du gestern nicht an einem Mosaik gearbeitet? Vielleicht würde den indianischen Kindern so etwas auch Spaß machen.*

Ich: *Geht klar! Allerdings ist mein Mosaik nicht so toll geworden. Aber Mamas Idee hat mir MEGA geholfen. Was kann ich denn mal Schönes erzählen … hmmm … also, Sophie und ich haben eine 1+ für unser Zellenprojekt bekommen! Mehr fällt mir nicht ein – ES SEI DENN, ihr wollt euch mein wissenschaftliches Projekt ANGUCKEN! WAS HAST DU DAZU ZU SAGEN, ROSIE?*

Der Virus: *Du bist SO fies, Katie! Okay, ich geb's zu: Rosie hat versucht, Katies Projekt aufzufressen.*

Aber das Ding bestand ja auch nur aus Süßigkeiten und Wackelpudding. Mensch Meier! Tut mir leid, Katie, aber Rosie ist ein Allesfresser, deshalb probiert sie auch alles! Sie muss den sauren Gummi für einen Salamander oder so gehalten haben.

Ich: Dann musst du mit diesem Stinktier mal zum Augenarzt!

Papa: Okay, das reicht, ihr zwei. Entschuldige dich bei deiner Schwester, Linus Konrad. Du musst dieses Stinktier besser erziehen.

Der Virus: Tut mir leid, Katie … (SO LEISE, DASS ICH IHN KAUM GEHÖRT HABE.)

Ich bin immer noch stinksauer auf den Virus und Rosie, aber ich muss ihnen wohl verzeihen, schätzungsweise. ☹☹☹☹☹

DAS WIRD ABER NICHT LEICHT!!!!!

Wenigstens waren die Spaghetti gut. Sogar DELIKATO! Gerade als ich der Pest vergeben wollte, dass sie mein Projekt verspeist hatte, blickte ich hoch und sah, wie sie und der Virus sich eine Spaghetti teilten! Ja, genau das meine ich – SIE SCHLÜRFTEN AN EIN UND DERSELBEN SPAGHETTI – genau wie die Hunde in diesem Disneyfilm!

WIE EKLIG IST DAS DENN!?!

WER WILL STINKTIERSPUCKE AN SEINEM ESSEN? JETZT IST ES OFFIZIELL: MEIN BRUDER IST TOTAL GAGA!

DONNERSTAG, 25. MÄRZ

Ich konnte auf dem Schulweg heute kaum die Augen offen halten. Gestern Abend war ich so froh, endlich mal Zeit für meine Entwürfe zu haben, dass ich völlig die Zeit aus den Augen verloren habe und VIIIEEEEEL zu lange aufgeblieben bin.

Ich fühlte ich mich wie der **TOTALE ZOMBIE.**

Ich musste diese Müdigkeit abschütteln, denn heute hatte ich KUNST! Mama hatte mein Mosaik sorgfältig mit Frischhaltefolie umwickelt – Gott sei Dank! Ich hatte ihr erzählt, wie Miranda letzte Woche ABSICHTLICH dagegen gestoßen war.

Mama: *Ignorier sie einfach, wenn möglich, Katie.*

DU HAST LEICHT REDEN. ☹

Als ich ins Klassenzimmer kam, hatte Mrs Gibson schon den hintersten Tisch freigeräumt, damit wir Platz für unsere Kunstwerke hatten. Miranda hatte ihren Volleyball aus Perlmuttperlen (was sonst!) gemacht, und Sophie hatte ihr Mosaikkreuz mit ganz verschiedenen Muscheln ausgefüllt, echt hübsch. Josh hatte ein Mosaik von seinem Hund Jasper gemacht und für das Fell schwarze Lakritzstückchen genommen.

Wenn Josh wüsste, wie sehr ich Hunde liebe! Echt, wir wären das perfekte Paar, ganz sicher. Hey, ich mag sogar Lakritze!

Ich seufzte vor Erleichterung, als Mrs Gibson meinte, ich hätte gute Arbeit geleistet. PUH! Ihr gefiel die Idee mit den Garnrollen und sie sagte, das würde meine Note verbessern.

DAS WAR DER BESTE TAG ÜBERHAUPT!!!!!!!!

DAS HEIßT, BIS ZUM SPORT.

Habe ich schon irgendwo in diesem Tagebuch erwähnt, wie sehr ich den Sportunterricht hasse? Ich würde lieber Rosies Babysitter spielen, als zum Sportunterricht zu gehen.

JA, ES IST SO SCHLIMM!!!

Heute war es eine HORROR-STUNDE der Extraklasse, ich erkläre es gleich …

Coach Calloway, unser Sportlehrer (der immer so eine Art neonfarbenen Leuchtet-im-Dunkeln-Trainingsanzug trägt), hatte die geniale Idee, über „gesunde Essgewohnheiten im einundzwanzigsten Jahrhundert" zu reden. OHA!

Unser Schulessen ist sowieso schon weit entfernt von lecker (und ich meine KILOMETERweit entfernt von lecker!), und jetzt hatte unser Sportlehrer auch noch einen Tisch mit allerlei Sachen aufgebaut, die wir probieren MUSSTEN. Er hat sogar gedroht, es würde sich auf unsere Note auswirken, wenn wir uns weigerten.

FOLTER IST DOCH VERBOTEN!

Und das ist das Zeug, das auf dem Tisch stand: Brokkoli, Tomaten, Birnen, Blaubeeren und Käse. BÄH. BÄH. 2X BÄH.

„Jungen und Mädchen im Wachstum wie ihr brauchen Obst und Gemüse!", sagte er. „Ihr müsst mindesten vier bis sechs Portionen am Tag essen. Sie stecken voller Vitamine und schmecken KÖSTLICH!"

Die Mädchen aus unserer Klasse standen um den Tisch herum und glotzten. Mir fiel auf, dass sogar Miranda und Emily nicht gerade happy aussahen.

Den Jungs dagegen war das alles schnuppe. Sie begannen sich das Zeug reinzustopfen. Ich habe Josh Henderson noch nie so essen sehen! Er ist nicht nur gut aussehend und intelligent, er ernährt sich auch noch GESUND! UNGLAUBLICH!

Sophie machte es auch nichts aus, das Zeug zu probieren. Na ja, sie hat's halt mit dem Kochen. Man hätte meinen können, sie isst Zuckerwatte, so breit hat sie gegrinst.

OHNE MICH! Warum es überhaupt so etwas wie Brokkoli gibt, ist mir schleierhaft.

WER WILL SCHON ROHE BÄUME ESSEN?

Und Blaubeeren? Sorry, aber die fühlen sich einfach komisch an. Wie zermatschte Käfer. Ich fand den Gedanken so eklig, dass ich sie in eine Serviette spucken musste. Aber das Schlimmste war die Tomate. BÄÄÄHHHH .... Tomaten kann ich nur essen, wenn sie in Ketchupform serviert werden – aber davon war leider weit und breit nichts zu sehen.

„Das Fleisch der Tomate ist sehr nährstoffreich und beugt Krebserkrankungen vor", erklärte unser Sportlehrer. „Und diese hier ist besonders saftig!"

Das Fleisch einer Tomate? Musste er diese Wörter benutzen? Ich kam mir wie ein Kannibale vor, der ein Stück Menschenfleisch isst. Bähhh…

Miranda und Emily haben auch nicht viel von dem Zeugs probiert. *„Ich bin kein Birnenfan"*, hörte ich Miranda zu Emily sagen. *„Irgendwie fühlt es sich an, als ob man in nassen Sand beißt. Einfach ekelhaft."* Unfassbar: Miranda und ich haben etwas gemeinsam! Natürlich habe ich ihr das nicht verraten.

Doch dann sagte unser Trainer etwas, das mich WIRKLICH hellhörig machte – ganz positiv: *„Probiert mal, die Früchte mit etwas Käse zusammen zu essen. Der weiße Käse heißt Brie. Wisst ihr, für viele Kinder auf der ganzen Welt ist er ein besonderer Leckerbissen … vor allem die Franzosen lieben ihn."*

WAS? Ich mag eigentlich nur gegrillten Käse. Aber wenn die Kids in der MODEHAUPTSTADT DER WELT dieses Zeug mögen, dann BIN ICH DABEI!

Ich sah quasi schon vor mir, wie ich auf einem Balkon in Paris sitze, ein obercooles Outfit entwerfe und dabei Obst und Käse knabbere.

Wenn das nur alles gewesen wäre, was ich probieren musste. Ich konnte mir in Sport einfach keine schlechte Note leisten. Noch eine schlechte Note wäre eine Schande für die Ewigkeit gewesen.

Ich hatte also keine Wahl und musste all den anderen Schrott auch noch probieren. ☹☹

Beim Brokkoli habe ich mir die Nase zugehalten, ihn aber irgendwie runtergekriegt. Wer jemals behauptet hat, man würde nichts mehr schmecken, wenn man sich die Nase zuhält, der **HAT KEINEN PLAN!**

Wenn ich Brokkoli essen müsste, um zu überleben, wäre ich schon längst tot.

Der Rest des Tages ging immer weiter **DEN BACH RUNTER**. ☹☹☹ Als es endlich klingelte, sprinteten alle zum Kunstunterricht. Ich musste dringend was trinken, um diesen Baumgeschmack runterzuspülen.

ABER DANN GESCHAH ES: Josh ging genau HINTER mir! Sophie warf mir „den Blick" zu, der bedeutet, dass ich mich wenigstens umdrehen und ihm Hallo sagen soll.

Aber. Ich. ERSTARRTE. ... Mein Gehirn war wie WEGGEPUSTET.

OHA, UND ES KOMMT **NOCH SCHLIMMER.** Während ich noch im Zombie-Modus steckte, sprach Josh plötzlich MICH an! *„Hey, Katie", sagte er, „das war aber mal 'ne komische Sportstunde, was?"*

Mir fiel nichts, aber auch gar nichts ein, was ich sagen konnte. **ICH STAND EINFACH NUR DA UND GLOTZTE IHN AN.**

Zum Glück kam Sophie zu meiner Rettung: *„Äh, ja, Josh, voll komisch!", sagte sie. „Katie und ich hatten's gerade davon. Stimmt's, Katie? STIMMT'S, KATIE?"*

„Oh, äh, stimmt! Das kann man wohl sagen, Josh!", meinte ich und lächelte ihn von einem Ohr zum anderen an. Endlich kriegte ich es doch noch hin, einen Satz zu bilden, ohne mich wie ein Volltrottel anzuhören. Ich dachte sogar daran zu lächeln. ☺ GEHT DOCH!!!

DANN aber sah Josh mich plötzlich total entgeistert an. Er zoomte um mich herum, so schnell er konnte, und gesellte sich zu Tyler.

HÄ??? WAS WAR DENN DAS JETZT?

„Was habe ich gesagt?", fragte ich Sophie. „Ich habe ihm doch nur zugestimmt, dass Sport komisch war. Ich mache aber auch alles falsch! Was stimmt nicht mit mir?"

Doch plötzlich sah Sophie mich sogar noch komischer an als Josh. WAS WAR DENN LOS MIT ALLEN?

„Äh, Katie, ich glaube, ich muss dir was zeigen", sagte Sophie und zog mich schnell auf die Mädchentoilette.

Jetzt wurde ich RICHTIG nervös. Ich war mir eigentlich fast sicher, dass ich morgens ein Deo benutzt hatte. Oder hatte ich vielleicht Mundgeruch? Ich machte mir innerlich eine Notiz, dass ich morgen ein paar Minzkaugummis einstecken würde.

Sophie drehte mich herum und drückte mein Gesicht vor den Spiegel.

OH. MEIN. GOTT.

Zwischen meinen Schneidezähnen steckte ein etwa baumgroßes Stück Brokkoli!!!! ES WAR GRAUENHAFT!!!!!!!!!!!

Kein Wunder, dass sich Josh in zwei Sekunden vom Acker gemacht hatte. Warum um alles in der Welt sollte er mit einem Mädchen reden wollen, dem ein Ast zwischen den Zähnen steckt?

ICH KANN JOSH HENDERSON NIE MEHR INS GESICHT SEHEN, SOLANGE ICH LEBE.

Ich kratzte das Grünzeug schnell zwischen meinen Zähnen raus. Wenn ich doch nur für den Rest des Tages auf der Mädchentoilette hätte bleiben können … oder noch besser, **FÜR DEN REST MEINES LEBENS!**

Doch gerade als ich auf dem Weg zum Unterricht um die Ecke bog, prallte ich gegen Mrs Gibson und schlug ihr den Becher mit Pinseln aus der Hand.

ICH BIN SO EIN VOLLTROTTEL!

Mrs Gibson hat mir gleich angesehen, dass ich TOTAL von der Rolle war.

Abgesehen von meinen Eltern und Sophie kennt mich kein Mensch besser als Mrs Gibson. „Alles in Ordnung, Katie?", hat sie gefragt. „Du weißt ja, wenn du jemanden zum Reden brauchst, ich bin immer für dich da."

Ich wollte Mrs Gibson gerne ganz fest umarmen.

Aber das tat ich nicht.

Bei meinem Glück hätte mich sicher jemand auf dem Gang gesehen und mich ein großes Baby genannt.

EIN BABY MIT BROKKOLI-MUNDGERUCH.

FREITAG, 26. MÄRZ

Ich bin SO FROH, wenn diese Woche endlich VORBEI ist. Meine Chancen, zu diesem Ball zu gehen, sind gleich ZERO!!!!!

Zum Glück gab es heute null Drama in der Schule. Na ja, FAST null Drama …

Dieses Mal war mein blöder Rucksack an allem schuld, der etwa so viel wiegt wie ein Kleinwagen. Vielleicht sollte ich mal einen Rucksack entwerfen, bei dem ich nicht das Gefühl habe, dass mir gleich der Rücken durchbricht!

Abgesehen davon, dass man täglich ein halbes Dutzend verschiedene Lehrer und TONNENWEISE Hausaufgaben hat, befindet sich der Spind eines Mittelstufenschülers auch noch auf der anderen

Seite des Planeten. Deshalb muss ich auch sämtliche Bücher, die ich am Tag brauche, in meinen Rucksack stopfen. Vielleicht hat Mama recht: Wenn ich ständig einen schweren Rucksack herumtrage, sehe ich irgendwann aus wie der Glöckner von Notre Dame – ein absolutes No-Go für eine Modedesignerin.

Heute hatte ich zusätzlich noch einen Taschenspiegel, eine Zahnbürste, Zahnpasta, Kaugummis und Zahnseide im Gepäck – nur für den Fall eines weiteren Zahnfiaskos. Ich flitzte noch einmal schnell auf die Toilette, um einen Blick auf meine Zähne zu werfen. Sicher ist sicher.

Dort traf ich MIRANDA und Emily. Miranda durfte auf keinen Fall sehen, wie ich meine Zähne inspizierte, das hätte mir wieder Bemerkungen eingebracht. Doch zum Glück war sie viel zu sehr damit beschäftigt, sich Haarspray ins Haar zu sprühen und ihre zehn Tonnen Make-up aufzufrischen. Manchmal trägt Miranda ein bisschen viel auf. Besser gesagt – eigentlich IMMER!

Mama und Papa erlauben mir nur Lipgloss und Puder, aber natürlich würde ich gerne mehr Make-up tragen. Schließlich gehören Make-up und Mode zusammen! Heute Morgen, nachdem ich gesehen hatte, wie Miranda sich aufstylte, holte ich meinen Melonen-Lipgloss hervor.

„Hey, Katie“, sagte Emily. „Den Lipgloss hab ich auch. Hat meine Mutter mir neulich mitgebracht. Echt lecker.“

Miranda sagte kein Wort. **KLAR.**

Während ich Emily antworten wollte, hievte ich meinen megafetten Rucksack auf den Waschtisch. Da platzte plötzlich der Reißverschluss auf und mein GANZES ZEUG QUOLL heraus. ☹

Und, wie sollte es anders sein, natürlich beugte sich Miranda vor und hob meine Zahnbürste, die Zahnseide und die Kaugummis auf. ☹☹☹

WAS SONST?

Doch zu meiner Überraschung reichte sie mir die Sachen kommentarlos.

Crazy. Was ist denn los mit ihr? Vielleicht hat Miranda eine dieser gespaltenen Persönlichkeiten? Vermutlich hat sie voll über mich abgelästert, kaum dass ich aus dem Raum war.

ABER WENIGSTENS IST FREITAG! JA! JA!!! JA!!!!

Ich bin fest entschlossen, nicht mehr an den Ball zu denken – ODER an Miranda – ODER an Josh!

Na ja, ich werde es zumindest VERSUCHEN …

Heute Abend war echt cool, aus ZIG Gründen:

1. Papa hat uns zum Essen eingeladen, zu unserem Lieblingsitaliener Deliciozo Italiano. Und Sophie durfte sogar mitkommen. ☺
2. Der Virus musste Rosie zu Hause lassen. HAHAHAHAHAHAHAHAHAHA!!!!!!
3. Sophie durfte bei mir übernachten. Zuerst redeten wir über den Ball. Sophie meint, sie geht auf jeden Fall hin und ich sollte auch hingehen. Ich überleg's mir, schließlich hoffe ich immer noch, dass Josh mich fragt. ☺ Dann haben wir uns ein neues Wellness-Rezept ausgedacht (ihre Lieblingsbeschäftigung) und bis um Mitternacht oberstarke Outfits entworfen (meine Lieblingsbeschäftigung)! ES WAR SO WAS VON COOL!

Rosa Zuckerpeeling

Zutaten: 1 Tasse Zucker, 1 Tasse Honig, 1 Teelöffel Erdbeerextrakt, ½ Teelöffel Vanilleextrakt, 3 Esslöffel Babyöl, rosa Lebensmittelfarbe, 1 kleines Glas oder Gefäß mit Deckel.

Schritt 1: Den Zucker, den Honig, die Extrakte und das Babyöl in eine Rührschüssel schütten. Gut vermischen, bis eine einheitliche Masse entsteht.

Schritt 2: Etwas rosa Lebensmittelfarbe hinzufügen und verrühren.

Schritt 3: Das Gemisch in ein Glas oder ein Gefäß füllen. Eine Woche ruhen lassen.

Ich habe Sophie ein Tagebuch geschenkt, damit sie auch eins hat, denn sie hat mal gemeint, dass sie das irgendwie cool findet. Sie will sich sogar so eine Gebetsliste machen wie ich. ☺

Ich wollte, dass Sophie SO SCHNELL WIE MÖGLICH uns als Familie auf ihre Gebetsliste setzt. Unser Missionseinsatz rückt immer näher, und wir haben keine Ahnung, was wir in dem Indianerreservat eigentlich machen werden. Wir brauchen jede erdenkliche Gebetsunterstützung!

Wer weiß, vielleicht lernen der Virus und ich ja Apachen-Kids in unserem Alter kennen. Das könnte VOLL COOL sein.

ODER

auch **VOLL STRANGE** ...

Ich frage mich, ob sich Indianermädchen genauso anziehen wie Sophie und ich.

Ich frage mich, ob sie Katastrophen-Tagebücher schreiben.

Ich frage mich, ob manche von ihnen genauso auf Kunst abfahren wie ich.

Vielleicht gucke ich das mal im Internet nach ...

Gute Nacht!!!!

SAMSTAG, 27. MÄRZ

ENDLICH ... WOCHENENDE!!!!!

YEAH! YEAH! YEAH!!!!

Ich habe KEINE Hausaufgaben, NICHTS zu tun, und habe vor, im CHILL-OUTFIT abzuhängen, und zwar DEN GANZEN TAG! JEPP!

Ich habe alles schon geplant: meine Lieblingsmusik anstellen, mich aufs Bett fläzen und solange ich Lust hab Modeentwürfe in mein Skizzenbuch zeichnen! Vielleicht bürste ich mir noch nicht einmal die Haare – oder putze mir die Zähne. ☺

ICH LIEBE SAMSTAGE!

Korrektur:

EIGENTICH liebe ich Samstage ... ☹☹☹

Gibt es so etwas wie SPACKOIDEN?

Wenn das im Wörterbuch stehen sollte, dann ist daneben ganz bestimmt ein Foto meines acht Jahre alten Bruders.

SPACKOID:

1. Riecht nach nassem Stinktier oder schimmeligem Abfall.
2. Frisst die Chipstüte bis auf den KLEINSTEN KRÜMEL leer und lässt die leere Tüte im Schrank liegen, um mich reinzulegen.
3. Nimmt den Computer in Beschlag, um sich Videos von verrückten Viechern wie dem Zweizehenfaultier oder dem Sternnasenmaulwurf anzusehen. (WEN INTERESSIERT DAS?)
4. Heißt Linus, „der Virus“ Konrad.

To-do-Liste:
Um Geduld im Umgang mit dem SPACKOID beten!

An diesem Samstagmorgen (der ja eigentlich ein Tag zum Entspannen sein soll), wollte der Virus MICH EINFACH NICHT IN RUHE LASSEN.

„Wenn du auch nur einen Zehennagel in mein Zimmer steckst, mache ich HACKFLEISCH aus dir", warnte ich ihn. *„Du stinkst wie eine Mülltonne. Komm meinen Zeichnungen nicht zu nahe!"*

Der Virus schob leise einen Fuß in mein Zimmer. Er wackelte sogar mit dem großen Zeh und benahm sich wie die **TOTALE ROTZNASE!**

So lange das schwarz-weiße Getier des Virus noch auf dieser Erde wandelt, ist mein Zimmer für ihn **TOTAL TABU!** Warum mein Bruder so ein Riesengezeter veranstaltet hat, weil er unbedingt ein Stinktier als Haustier wollte, ist mir UNBEGREIFLICH. Ich glaube ja, er hatte Schulkleber gegessen, als er Papa darum bat, aber beweisen kann ich das nicht.

„Aber PAAAAPAAAA", hatte er wie ein großes Baby geheult. „Man kann die Stinkdrüse vom Tierarzt entfernen lassen, dann stinkt es nicht mehr. Das habe ich bei Planet der Tiere gesehen! Ich könnte mit ihm an der Leine Gassi gehen und es kann sogar auf dem Schulweg bei uns im Auto mitfahren. Biiiiiittte!"

Bla, bla, bla …

Ich kann immer noch nicht glauben, dass Papa sich dazu breitschlagen lassen hat! Rosie (wer nennt ein Stinktier schon Rosie?) hat sogar ihr eigenes BETT. Sie und der Virus haben auch Schlafanzüge im Partnerlook, wenn mich nicht alles täuscht.

Die Fahrt zur Schule ist immer der **ABSOLUTE ALBTRAUM.** Wenn Mamas Auto doch nur getönte Scheiben hätte! Ich muss hinten sitzen und mich verstecken, während der Virus vorne sitzt und dieses alberne Stinktier auf dem Schoß hält. Er lässt sogar das Fenster offen, damit Rosie ihren Kopf raus-strecken kann wie ein Hund.

Der Virus sagt, Stinktiere spüren gern den Wind in ihrem Fell, aber das kaufe ich ihm nicht ab. Ich glaube, er hat Angst, dass doch noch etwas von dieser STINKDRÜSE übrig ist und Rosie einen Schuss nach hinten loslässt!

Um mir den Samstag noch mehr zu vermiesen, bekam ich auch noch einen Anschiss, weil mein Zimmer aussieht, „als ob eine Bombe eingeschlagen wäre" – das sagt jedenfalls Mama. Sie hat vermutlich recht. Ich konnte meine Lieblingsohrringe nicht finden und auch nicht mein Skizzenbuch – was ich TOTAL brauche, um mit meinem Kunstprojekt voranzukommen.

Den Rest meines verhunzten Samstags habe ich zu Hause mit dem Virus verbracht ... und DER STINKBOMBE. ☹☹

Ein Gutes hatte der Tag aber doch noch: MIR IST ENDLICH DIE ULTIMATIV LASERCOOLE IDEE FÜR DEN KUNSTWETTBEWERB EINGEFALLEN!

JA! JA! JA!

Es wird ein Haufen Arbeit sein, die Zeichnung perfekt hinzukriegen, aber einen Versuch ist es wert. Nachdem ich eine Unmenge Entwürfe gezeichnet und wieder wegradiert hatte, formte sich so langsam eine Idee. Es ist très chic!

Wenn ich doch nur bei *Fashion-Star-Fever* mitmachen könnte! Dann würde ich Millionärin werden und müsste nie wieder zur Schule!

SONNTAG, 28. MÄRZ

Kaum zu glauben: Die Familie, die Mama eingeladen hat, ist tatsächlich zum Gottesdienst gekommen und hat sich zu uns gesetzt. Sie sind gerade erst in die Stadt gezogen und scheinen ziemlich cool zu sein. Ihre Tochter Sarah ist in Virus' Alter und hat gleich angefangen, mit ihm zu quatschen. (ICH HÄTTE SIE WARNEN SOLLEN!) Es dauerte keine zwei Sekunden, da zeigte mein hirnamputierter Bruder ihr schon ein Foto von diesem ekligen Stinktier.

Sie haben auch einen Sohn namens Tyler, der ab morgen in meine Klasse geht. Er hat in der Gemeinde kaum ein Wort mit mir gewechselt. Es kommt mir langsam so vor, als ob **JUNGS IM ALLGEMEINEN SELTSAM SIND!** Ich habe aber gesehen, dass Tyler mit Josh geredet hat.

Immerhin gibt es JEMANDEN, der keine Angst hat, mit J.H. zu reden. ☹

Ich habe neben Sophie gesessen und versucht, mich auf das zu konzentrieren, was der Pastor sagte. Lei-

der musste ich die ganze Zeit an den Schulball, an Josh und an die Frage denken, ob ich hingehen soll oder nicht.

Meine Chancen, nach Paris auf die Fashion Week zu jetten, stehen besser, als zu diesem Ball aufgefordert zu werden!!! Obwohl das Brokkoli-Desaster schon ein paar Tage her ist, kann ich immer noch nicht mit Josh reden.

Erst als unser Pastor anfing, von Esther zu reden, wurde ich hellhörig. Ich finde es echt stark, dass sie den Mumm hatte, unter Lebensgefahr vor den König zu treten und für ihr Volk einzustehen. Das war ECHT MUTIG! Vielleicht bin ich ja am Montag auch nicht so ein Weichei und gehe zu Josh, wenn er gerade bei seinem Spind steht …

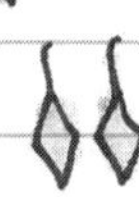

ODER AUCH NICHT. Wenn ich etwas Albernes sage, wird Miranda Maroni garantiert daneben stehen und sich **KRANK LACHEN**. ☹

Ich habe versucht, nicht mehr daran zu denken und mich echt auf Esther zu konzentrieren. Als Modeschöpferin hätte ich natürlich gerne gewusst, was für eine Art Kleid Esther beim Bankett getragen hat.

Ich habe sogar nach „Kleidung in biblischer Zeit" gegoogelt, als ich nach Hause kam. Irgendwie hätte ich gerne damals gelebt. Die königlichen Kleider waren SO ULTRA ELEGANT, und die Ringe, Armreifen und Ohrringe WUNDERSCHÖN!

MONTAG, 29. MÄRZ

Tyler ist seit heute offiziell in meiner Klasse. Wie es wohl ist, auf eine neue Schule zu gehen, wo man noch niemanden kennt? Muss echt hart sein. Natürlich hat Miranda dafür gesorgt, dass Tyler SIE bemerkte, kaum dass er zur Tür hereingekommen war. Außerdem stellte sie sicher, dass Josh sie mit Tyler reden sah.

Dieses Mädchen ist echt **VERRÜCKT nach JUNGS**. ☹ Warum checken die Jungs das nicht? Tyler hat überhaupt nicht kapiert, was abging.

Ich habe sie so gut es ging ignoriert und Tyler stattdessen eine Kurzeinführung in Sachen Lehrer gegeben. Natürlich habe ich ihn vor Mr Finkelman gewarnt. Und ich hab ihm versprochen, dass er Mrs Gibson lieben wird. ☺

Das war einfach. Wenn aus meiner Karriere als Modedesignerin nichts wird, könnte ich vielleicht Kunstlehrerin werden – genau wie Mrs Gibson. Sie lässt uns nicht nur Kunstwerke mit allen möglichen Materialien gestalten (z. B. Ton, Farbe, Bleistift, Pastellfarben, und, und, und), wir bekommen nicht vorgeschrieben, was wir zeichnen müssen.

Sie ist ganz anders als unsere alte Kunstlehrerin Mrs Francis, bei der alle Schüler immer wieder das gleiche Katzenbild zeichnen mussten, immer und immer wieder. Am Ende des Schuljahres konnte ich diese blöde Katze mit geschlossenen Augen malen!

Meiner Meinung nach wusste Mrs Francis gar nicht, was Kunst ist! Stupides Abzeichnen ist doch keine Kunst!

LANG-WEILIG!

Heute hat Mrs Gibson eine Durchsage gemacht, die echt GESCHOCKT hat: „Vergesst nicht: Die große Mittelstufen-Kunstausstellung findet an dem Montag nach dem Ball statt. Bis dahin sind es nur noch drei Wochen."

Oh nein! Das ist ja furchtbar!

Ich muss meinen Beitrag SO SCHNELL WIE MÖGLICH fertig kriegen!!! Vergiss den Ball, zu dem mich sowieso niemand eingeladen hat.

NUR KEIN STRESS, RICHTIG???

Ich hatte keine Zeit zu vergeuden und ging in der Pause schnurstracks zu Mrs Gibsons Büro. Ich wollte ihr den Entwurf meines TRÈS-CHIC-Kleides zeigen und hören, was sie dazu sagt. Ich wies sie besonders auf den schulterfreien Look und die Details am Saum hin und erklärte, dass ich das Kleid schwarz machen wollte. (Von allen Farben hat Schwarz natürlich den größten Chic!) Und weißt du was?

SIE WAR BEGEISTERT!!!

Sie fragte mich aber, warum ich kein ECHTES Kleid einreichen würde.

Wie ist sie DARAUF gekommen?

Nur wenige Leute wissen, dass ich tatsächlich Mode ZUM ANZIEHEN mache, und Mrs Gibson gehört dazu. Aber wie hat sie erraten, dass ich bereits angefangen hatte, etwas von dem schwarzen Stoff zuzuschneiden, nur so zum Spaß?

Bisher habe ich mich nur getraut, eine meiner selbst entworfenen Taschen in die Schule mitzunehmen oder mal einen selbst gemachten Gürtel zu tragen. AUF GAR KEINEN FALL konnte ich ein selbst genähtes Kleid tragen, solange Miranda Maroni im selben Gebäude war.

Mrs Gibson erinnerte mich daran, dass Künstler auf ihre Kreationen stolz sein müssen. „Auch ein van Gogh musste bereit sein, anderen Leuten seine Werke zu zeigen", sagte sie. „Ich weiß, dass du mich mit deinem Beitrag umhauen wirst!"

Mrs Gibson hatte nicht ganz unrecht mit ihrer Bemerkung. Ich muss lernen, stolz auf meine Arbeit zu sein. Ich muss mir die Sachen von van Gogh mal im Internet anschauen.

Super Star!

ANMERKUNG IN EIGENER SACHE: HEUTE ABEND VAN GOGH GOOGELN.

Ich konnte mich NICHT EINE MINUTE konzentrieren, als ich danach Physik bei Mr Finkelman hatte. Anstatt das Arbeitsblatt über Atome auszufüllen, schweifte ich in Gedanken ab und schrieb in mein Tagebuch:

Vier Gründe, warum ich mit Josh reden sollte:

1. Er ist der süßeste Typ der ganzen Klasse.
2. Ich habe gesehen, wie er vor dem Essen gebetet hat, was ich voll cool finde.
3. Er könnte mir sogar mit MATHE helfen – worin ich eine NIETE bin!
4. Ich MUSS auf diesen Frühlingsball gehen oder ich SCHÄME mich für den REST MEINES LEBENS!

Drei Gründe, warum ich NICHT mit Josh reden sollte:

1. Er wird vermutlich sowieso nicht mit mir reden wegen dieser Brokkoli-Pleite.
2. Er ist nicht nur ein Mathe-Crack, sondern auch noch Kapitän der Basketballmannschaft. Er kann mit Künstlertypen sicher NICHTS ANFANGEN.
3. Er spricht tatsächlich mit Miranda, also muss er irgendeine größere Schraube locker haben!

Dann wurde ich erwischt. Mr Finkelman hatte gesehen, was ich machte, und mir „den Blick" zugeworfen.

ICH FÜHLTE MICH GRAUENHAFT. ☹

Zum Glück hat er mich nicht nachsitzen lassen! Aber jetzt ist der Finkelman auf mich sauer UND Mrs Gibson erwartet von mir eine Glanzleistung bei dem Kunstwettbewerb.

NOCH MAL – NUR KEIN STRESS!!!!!!!!

Das hat mir für den Rest des Tages die Laune verdorben. Und zu allem Übel ist bei uns zu Hause beim Abendessen mal wieder eine B.S.E.-Runde fällig.

Ich habe ÜBERHAUPT keine Lust, mit allen am Tisch zu sitzen und mir zu überlegen, was heute an meinem Tag gut war. Aber was soll ich machen …

MAMAS B.S.E.: Alle Kinder haben sich heute beim Zahnarzt gut benommen und kein einziges hatte Löcher. Außerdem hat sie gesagt, dass sie am Freitag mit mir nach einem Kleid gucken gehen kann. Ja!!!!!!!!!!!!!

PAPAS B.S.E.: Er hat einen Brief vom Missionswerk „Licht im Westen" bekommen, und sie freuen sich schon alle auf uns. (Ich fahre aber nur mit, wenn Rosie zu Hause bleibt – oder in einer anderen Galaxie!)

MEIN B.S.E.: TOTALES BLACKOUT.

Ich habe mir das Hirn zermartert. Schließlich habe ich gesagt: „Mrs Gibson gefällt meine Idee für den Kunstwettbewerb. Das ist alles."

DAS B.S.E. VOM VIRUS: Rosie hat jetzt gelernt, auf Kommando Sitz zu machen, einen Purzelbaum zu schlagen und die Toilette im Bad zu benutzen.

In UNSEREM Bad???????

EKELHAFT!!!!!!!!

Ich werde NIE WIEDER dieses Bad benutzen – EVER!

Bevor ich den Virus noch erwürgte, beschloss ich, an den Computer zu gehen und „Vincent van Gogh" zu googeln. Hauptsache, ich muss nicht daran denken, dass ein Stinktier dieselbe Klobrille benutzt wie ich!

Nachdem ich mir ein paar Bilder angesehen hatte, konnte ich verstehen, was Mrs Gibson an van Goghs Gemälden findet. Jedes seiner Bilder ist bunt, leuchtend und lebendig. Am besten gefällt mir sein Selbstportrait, obwohl er darauf irgendwie traurig wirkt. Auf einer Website stand, dass niemand van Goghs Kunst kaufen wollte, außer seinem Bruder Theo, und der kaufte die Bilder auch nur aus Mitleid. Van Gogh starb, ohne zu wissen, wie beliebt seine Werke einmal sein würden. Ein paar seiner Werke sind heute MEHRERE MILLIONEN Dollar wert.

Ich weiß, wie van Gogh sich gefühlt haben muss. Als Miranda sich über meine Zeichnungen lustig gemacht hat, tat mir das richtig weh. Wenigstens habe ich Sophie, so wie van Gogh seinen Bruder hatte. Und zum Glück habe ich auch noch Jesus, von dem ich weiß, dass er mich gut findet! Manchmal kommt es mir so vor, als ob er der Einzige ist, der mich versteht …

FÜR DIE GEBETSLISTE: Gott danken, dass er immer für mich da ist und meine Gefühle versteht.

DIENSTAG, 30. MÄRZ

NOCH EIN D.D.
(Besser bekannt als Doofer Dienstag)

Ich habe es heute nicht getan.
Ich habe es versucht.
Aber. Ich. Konnte. Nicht. Mit. Josh. Reden.
☹☹☹☹
Ich habe drüber nachgedacht, als ich bei meinem Spind stand, denn seiner ist gar nicht weit weg. Aber ich konnte nur daran DENKEN, mehr nicht.

Josh redete mit Tyler, es wäre also eigentlich einfach gewesen. Tyler sagt immer „Hi, Katie" zu mir, also WUSSTE ich, dass wenigstens einer von ihnen etwas sagen würde.

ABER ICH BIN WIEDER MAL … ERSTARRT.
Was ist nur los mit mir?

Offensichtlich hat Miranda Maroni dieses Problem nicht. Sie und Emily latschten genau auf Josh und Tyler zu und redeten mit ihnen, als sei das die einfachste Sache der Welt!

„Hey, Josh! Cooles Shirt", sagte Miranda und lächelte dabei so übertrieben wie eine aus der Zahnpastawerbung. (Selbst von meinem Standort aus konnte ich sehen, wie sie mit den Wimpern klimperte!)

Emily machte auch auf nett. „Schön, dich kennenzulernen, Tyler. Wenn du mal einen Raum nicht findest, frag einfach. Ich hoffe, es gefällt dir hier bei uns."

Und zu allem Übel lächelten beide, Tyler und Josh, und REDETEN wirklich mit ihnen!

Diese Miranda! Sie. Ist. Verrückt. Nach. Jungs. Und bei ihr sieht es sogar noch nach Spaß aus. Ich wünschte, sie würde Josh in Ruhe lassen.

Ich wünschte ... ich wünschte, ich könnte so mit Jungs reden wie sie. ☹

Ich war heilfroh, als die Schule endlich aus war. Ich ging nach Hause, schnappte mir was zu essen und verkrümelte mich für den Rest des Abends auf mein Zimmer.

Ich versuchte, das ganze Jungen-Drama zu vergessen, und kritzelte Entwürfe für mein Très-chic-Kleid. Ich habe mir sogar den Stoff geholt und ein paar Teile zusammengenäht, nur um zu sehen, wie es wird. Dann habe ich mich wieder an die Zeichnung gesetzt.

Ich musste immer wieder an das denken, was Mrs Gibson gesagt hatte: dass man selbstbewusst zu seiner Arbeit stehen soll. Trotzdem, ich war mir irgendwie unsicher …

Vielleicht rede ich sogar mal mit Mama darüber. Sie hat einen ziemlich guten Geschmack … für eine Mutter. Zu meiner Überraschung hat sie mir sogar auf dem Nachhauseweg von der Arbeit neue Pastellstifte mitgebracht. Ich weiß nicht, was in sie gefahren ist, aber ich werde mich nicht beschweren.

SOLL ICH DAS MIT DEM NEUEN HANDY NOCH MAL ANSPRECHEN???

Wenn doch endlich Freitag wäre! Ich liebe es, durch Geschäfte zu bummeln – und ich will so unbedingt das perfekte Kleid für den Ball finden. Ich hoffe, hoffe, HOFFE, jemand (Josh???) fragt mich. Doch bei meinem Glück werde ich mich wohl an Sophie hängen müssen. Was MEGAPEINLICH wäre. ☹☹☹

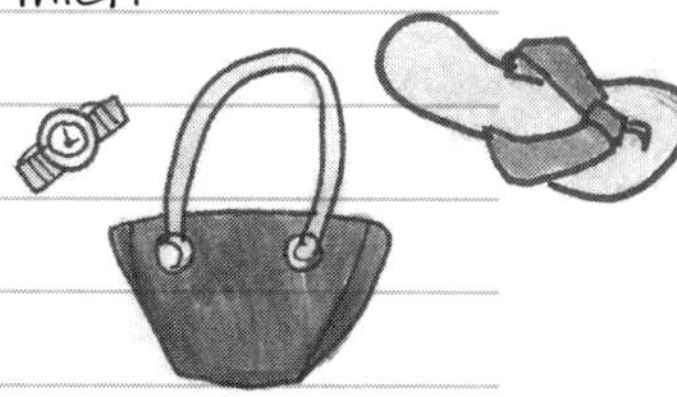

Sophie hat heute Abend mit mir gechattet und versucht, mich aufzumuntern:

Sophie: Katie, chill mal! Du gehst bestimmt auf den Ball. Ernsthaft, du schiebst Panik wegen nichts.

Ich: Du hast gut reden. Du weißt wenigstens, wer dich fragen wird. Ist ja kein Geheimnis, dass Matt Hutchinson was von dir will.

Sophie: Na ja, er hat mich noch nicht gefragt. LOL.

Ich: Das macht er auf jeden Fall. BETE, DASS JOSH MICH FRAGT!!! Ich will so FURCHTBAR UNBEDINGT mit ihm auf den Ball gehen!!!

Sophie: Denk einfach nicht mehr daran. Entwirf lieber noch ein paar Klamotten oder so. TTYL. Oh, und ich habe einen Plan für die Schule morgen. Bleib dran. ☺

Ich kann es kaum abwarten, mit Mama einkaufen zu gehen.

Ich weiß schon, welche Farbe mein Kleid haben soll: Türkis. Das ist eine meiner Lieblingsfarben. Vielleicht mit silbernen Pailletten und silbernen Ohrringen? Und dazu finde ich sicher noch silberne Schuhe mit einem Touch Glitzer. SUPERSÜß!

Oh, wie ich mir wünsche, dass der Freitag sich beeilt und hierherkommt!!!!!!!!

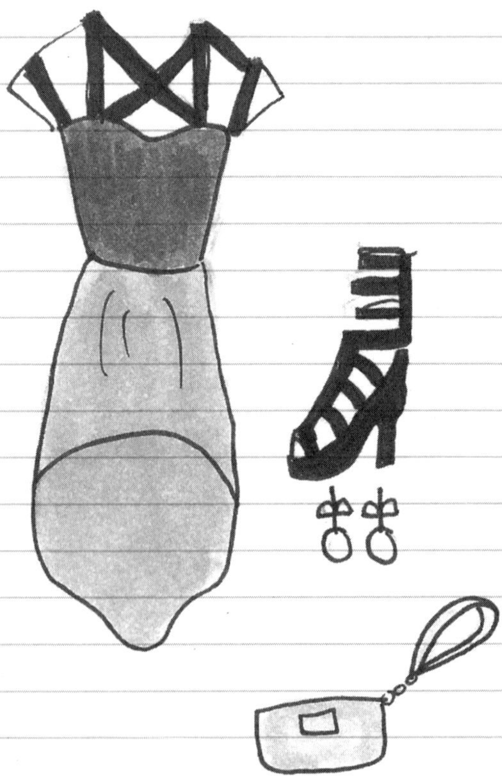

Andererseits kann ich auch gleich mit einer Papiertüte über dem Kopf rumlaufen, wenn niemand mich zum Ball einlädt.

Ich weiß gar nicht, warum ich überhaupt an ein Kleid DENKE! Eigentlich bin ich mir fast sicher, dass ich an dem Abend mit dem Virus zu Hause sitzen werde ... und mit Rosie. ☹

DAS DARF NICHT PASSIEREN. ICH WIEDERHOLE: DAS DARF NICHT PASSIEREN!!!!

Für die Gebetsliste: Gott vertrauen, dass er alles gut werden lässt. Das hat er immerhin versprochen!

MITTWOCH, 31. MÄRZ

Heute hätte DER TAG sein sollen.
ABER ER WAR ES NICHT.
DARAN IST DER HAMBURGER SCHULD!!!!!!!

Sophie und ich saßen an unserem Stammtisch in der Cafeteria und besprachen ihren Plan **„Operation Frühlingsball“**. (Im Rückblick frage ich mich, was sie sich da wohl gedacht hat!!!!)

Josh und die anderen aus dem Basketballteam sitzen immer zusammen. Sie sind für gewöhnlich die Ersten, die sich ihr Essen reinziehen, und sie hatten sogar Tyler eingeladen, sich zu ihnen zu setzen.

Ich hatte nicht viel Zeit, um unseren Plan in die Tat umzusetzen, und es war mein Pech, dass es zum Mittagessen Hamburger gab. AAARRGH!

Wir hatten voll die riesige Auswahl: Hamburger mit Käse oder Hamburger ohne Käse. Jau, super Auswahl, echt. UND GENAU DA SOLLTE MEIN PLAN IN AKTION TRETEN.

Ich wiederhole: SOLLTE …

Und das ging ab …

Sophie: *Okay, Katie, wenn du siehst, dass Josh zum Salatbüfett geht, um sich Ketchup auf seinen Burger zu tun, dann zischst du auch hin und schmierst dir Senf auf deinen Burger.*

Ich: *Aber ich mag meinen Burger doch gar nicht mit Senf!*

Sophie: *Willst du nun ein Date für den Ball oder nicht?*

Ich: *Okay, okay!*

Sophie: *Sag einfach so was wie „Hey, Josh. Was geht?" Dann wartest du ab, was er sagt.*

Ich: *Und was sage ich DANN?*

Sophie: *Woher soll ich das wissen? Das machst du dann spontan.*

Ich: *Das ist die dümmste Idee überhaupt, aber okay. Drück mir die Daumen.*

Josh ging zum Salatbüfett, ganz nach Plan. Nach einem scharfen Rippenstoß von Sophie schlenderte ich auch zum Salatbüfett. Josh hatte das coolste blaue T-Shirt überhaupt an und er hat mich angesehen und GELÄCHELT!

Er hat GELÄCHELT!!!

Dann tat ich etwas **ABSOLUT BESCHRÄNKTES**: Mir fiel auf, dass ich vergessen hatte, meinen Hamburger mit zum Büfett zu nehmen! Was war denn in mich gefahren? Mein Kopf war plötzlich völlig leer und ich sah Hilfe suchend zu Sophie hinüber. Zum Glück formte sie die Worte mit dem Mund und erinnerte mich an meinen Text.

„Uh, Josh, was geht?“, fragte ich schnell. Mir war plötzlich schwindlig und ich streckte den Arm aus, um mich am Salatbüfett abzustützen.

Ohnmächtig werden war jetzt KEINE Option.

Gerade als Josh den Mund aufmachte, um *„Hi, Katie, was –“* zu sagen, **PASSIERTE DIE KATASTROPHE.**

Ich hatte mich versehentlich auf den Senfspender gestützt und –

WUUSCH!!!!!

Joshs T-Shirt war von OBEN BIS UNTEN mit Senf vollgespritzt! ES WAR TOTAL VERSAUT! Josh sah aus wie ein menschlicher Hotdog. Alle in der Cafeteria BOGEN SICH VOR LACHEN. ICH WÄRE AM LIEBSTEN UNTER DEN TISCH GEKROCHEN UND HÄTTE MICH VERSTECKT!

„Oh, das tut mir SO LEID, Josh!“, habe ich, glaube ich, gepiepst. *„Es tut mir ECHT FURCHTBAR leid!“* Ich schnappte mir so viele Servietten wie möglich aus dem Spender und versuchte, ihm zu helfen, den Senf abzuwischen. Aber davon wurde es nur noch schlimmer.

SENF

„Nicht so schlimm", murmelte Josh und stürmte in Richtung Jungentoilette. Beinahe wäre er noch auf einem fetten Klecks Senf auf dem Boden ausgerutscht. DAS DURFTE ALLES NICHT WAHR SEIN. ☹☹☹ Vielleicht war es nur ein böser Traum und ich würde gleich daraus erwachen? Es kam mir vor, als würde sich alles in **ZEEITLUUUPE** bewegen …

In dem Moment musste natürlich Miranda anspaziert kommen und ihren Senf dazugeben. Im wahrsten Sinne des Wortes. Sie war die LETZTE, die ich jetzt sehen wollte. *„Bravo, Katie"*, sagte Miranda. *„Vielleicht kannst du ja beim nächsten Basketballspiel Hotdogs servieren. Mit dem Senfspender kannst du offensichtlich umgehen!"*

AAARRRGH!!!!!!!!!!!

Ich brauchte mehr Kraft als Samson, um meine Zunge im Zaum zu halten und einfach wegzugehen.

MEIN ERSTES JAHR IN DER MITTELSTUFE KÖNNTE NICHT SCHLIMMER SEIN!!

Vielleicht kann ich Mama und Papa dazu überreden, dass sie mich die Schule wechseln lassen. Aber welche Schule würde mich überhaupt wollen? Solche peinlichen Sachen verbreiten sich ja schnell. Ganz sicher hat mittlerweile die ganze Jahrgangsstufe was dazu gepostet. Am Ende hat's gar noch jemand gefilmt?!

Als ich nach Hause kam, bin ich direkt auf mein Zimmer gegangen und habe geweint … und gebetet … **LANGE**. Papa war zu Hause und hat gemerkt, dass ich total durch den Wind war. Es ist SO SCHWER, meinen Eltern Zeugs wie das zu erklären.

Ich: *Papa, heute war* ***DER SCHLIMMSTE TAG MEINES LEBENS!*** *Im Ernst. Es war grauenhaft. Ich muss die Schule wechseln.*

Papa: *Halt, halt, halt, Katie. Vielleicht solltest du von vorne anfangen. Jetzt erzähl mir mal ganz langsam, was passiert ist. So schlimm kann es doch nicht sein.*

Ich: *Aaaalso … Erstens findet in ein paar Wochen der blödeste Schulball aller Zeiten statt. Ein paar Mädchen gehen mit Jungs auf den Ball. Aber ich weiß noch nicht mal, ob ich überhaupt hingehe! Mich hat nämlich niemand gefragt.*

Papa: *Warum gehst du nicht einfach mit deinen Freundinnen und ihr habt Spaß? Ist das das Problem?*

Ich: *Ja! Ich hatte so GEHOFFT, Josh Henderson würde mich fragen, ob ich mit ihm hingehe. Aber NEIN, ich musste ihn heute in der Cafeteria von oben bis unten mit Senf vollspritzen! Mein Leben ist ruiniert.*

Papa: *Josh Henderson aus der Gemeinde? Der hat dir ganz sicher längst verziehen, Schatz. Ich verstehe ja, dass dieser Ball für dich wichtig ist, aber deshalb ist dein Leben doch nicht ruiniert. Am besten sprichst du mal mit Gott darüber und dann vertrau darauf, dass er das schon regeln wird.*

Ich: *Oh, okay …*
was soll's, Papa. Danke.

Ich weiß ja, dass Papa es nur gut gemeint hat, aber manchmal checkt er es einfach nicht. Ich habe mir aber seinen Rat zu Herzen genommen und Jeremia 32,27 gelesen:

„Ich bin der Herr über alle Menschen, mir ist nichts unmöglich."
(Hfa)

Mir bleibt wohl nichts anderes übrig, als auf Gott zu vertrauen. Hoffentlich gehen morgen nicht alle in Deckung, wenn sie mich sehen. ☹

Wenigstens wird Sophie da sein, und wir können analysieren, was schiefgegangen ist. Schließlich ist diese ganze **„Operation Frühlingsball"** auf ihrem Mist gewachsen. Aber na ja, gemacht habe ich das schon freiwillig. Und tollpatschig bin ich auch selbst gewesen.

Warum ziehe ich solche Sachen nur immer magisch an?

Ich beschloss, an meiner Très-chic-Kleid-Skizze zu arbeiten. Vielleicht nähe ich auch noch die bunten Pailletten auf das Oberteil von dem echten Kleid, an dem ich gerade arbeite. Ich musste IRGENDETWAS machen, um mich abzulenken! Aber das war viel schwieriger als gedacht. Zuerst fixierte ich die Pailletten mit ein bisschen Stoffkleber und dann nähte ich sie von Hand fest. Voll mühsam! Es kam mir so vor, als würde ich wieder an einem Mosaik arbeiten. Zum Glück hatte ich ja schon Erfahrung im Umgang mit einer Pinzette!

1. APRIL – APRIL, APRIL … KOTZ ☹☹☹

Wie wunderbar passend, dass ausgerechnet heute der 1. April ist! Ich komme mir wie DIE GRÖẞTE LACHNUMMER überhaupt vor. Ich kann mir schon vorstellen, was heute in der Schule abgehen wird. ☹☹☹

Ich bin so fertig, dass ich noch vor der Schule in mein Tagebuch schreibe. Ja, es ist SO SCHLIMM.

Ich habe Mama und Papa angefleht, dass ich ein paar Tage zu Hause bleiben darf, bis Gras über die Senf-Geschichte gewachsen ist. Aber natürlich sagten sie wie immer: „An so etwas wächst man, Katie. Wenn sie wirklich deine Freunde sind, haben sie diesen lächerlichen Senf-Vorfall längst vergessen."

JA, NEE, IST KLAR.

AUF KEINEN FALL darf ich mich heute in die Nähe von Josh und seinen Freunden wagen und in der Cafeteria lasse ich mich die nächsten zwanzig Jahre lieber auch nicht blicken. Vielleicht stecke ich mir einfach ein paar Müsliriegel ein. Wenn ich Glück habe, erlaubt mir Mrs Gibson, im Kunstraum abzuhängen, statt zum Mittagessen zu gehen.

Ich versuche, das Ganze auszublenden, und zeichne noch ein paar Entwürfe vor der Schule.

TJA, DAS HAT NICHT FUNKTIONIERT.

Wenn ich zeichne, kommt meistens eine Klamotte dabei heraus – normalerweise ein Kleid. Und DAS erinnert mich an den Schulball und DANN fühle ich mich wieder schlecht. NICHT GUT. Zeit, mich an **Jeremia 32,27** zu erinnern. ☺

Ich komme zu spät zur Schule,
also TTYL!!!!!

Ich hatte RECHT und meine Eltern UNRECHT. Ich wollte nur noch nach Hause und mir alles von der Seele schreiben. Meine sogenannten Freunde hatten den „Senf-Vorfall" nämlich NICHT vergessen.

Matt Hutchinson hat mir ein Schild auf den Rücken geklebt, auf dem stand: „ICH ♡ SENF." Ich hab's natürlich nicht gemerkt und bin damit den ganzen Weg bis zu meinem Spind auf der anderen Seite der Schule gelatscht und habe mich total zum Deppen gemacht. Das Einzige, was ich tun konnte, war, mich an das zu erinnern, was Papa mir gestern Abend gesteckt hatte: die ganze Geschichte Gott zu überlassen.

ES WAR SO HART.

Zum Glück hat Sophie das Schild auf meinem Rücken dann gesehen und in den Müll geschmissen. Matt hat wahrscheinlich nur versucht, vor Sophie den Macker zu spielen. Ich WEIß ja, dass er ein Auge auf sie geworfen hat.

Wenigstens habe ich gehört, wie er das Tyler erzählt hat. Aber wenn Matt denkt, er kann Sophie damit beeindrucken, dass er mir ein Schild auf den Rücken klebt, DANN HAT ER SICH GESCHNITTEN. Zu allem Überfluss ist Sophie ja auch noch die Tochter des Rektors! Was denkt der sich nur?

Sophie hat es ihm aber gezeigt. *„Mach das nicht noch mal, Matt. Das ist nicht lustig“*, hat sie gesagt. *„Das ist albern! Du musst dich bei Katie entschuldigen!“*

Ich kann von Glück sagen, eine Freundin wie Sophie zu haben! Ich würde es genauso machen, wenn jemand ihr etwas Blödes auf den Rücken kleben würde.

Irgendwie schienen alle zu glauben, sie müssten am 1. April den Scherzkeks geben.

Fünf Minuten vor der Mathe-Stunde erzählte Emily Miranda, dass wir einen fetten Mathe-Test schreiben würden. Und wer durchfällt, sagte sie, muss als Hausaufgabe 95 mathematische Probleme lösen.

LOLOLOLOL. Miranda kriegte voll die Panik! (Ich muss zugeben, das war echt witzig!) Aber dann bekam Emily doch ein schlechtes Gewissen und sagte Miranda, dass das nur ein Witz gewesen war. MÖÖÖÖP!

Aber der schlimmste Streich wurde Josh gespielt. Irgendjemand hatte morgens eine offene Sardinenbüchse in seinen Spind gestellt. Als unsere Klasse dann später zum Unterricht in diesen Teil der Schule ging, war der ganze Gang VERPESTET!

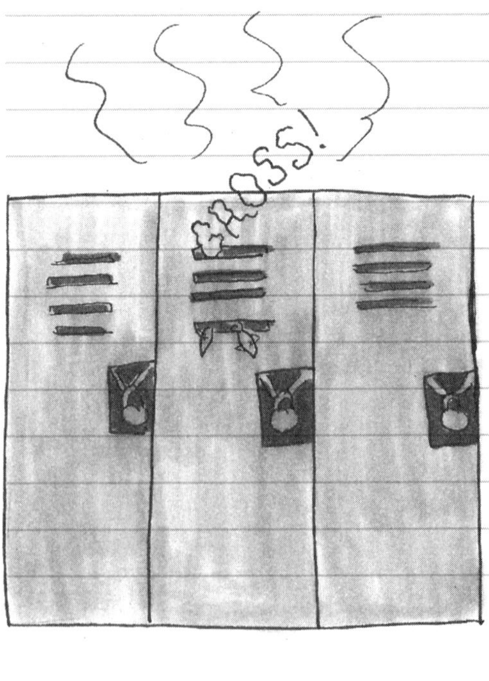

Es roch so krass mies, dass mir richtig schlecht wurde. Aber die Jungs aus unserer Klasse kriegten sich vor Lachen gar nicht mehr ein. „*Hey, Josh, hast du heute dein Deo vergessen? Du riechst irgendwie so fischig!*“, fragten sie. Oder: „*Mann, da du gestern ja so scharf auf Senf warst, brauchst du vielleicht heute was ganz anderes!*“ Sie krümmten sich alle vor Lachen.

Josh nicht. 

Natürlich versuchte er, es cool zu nehmen und mitzulachen, aber ich merkte ihm an, dass er sauer war. Erst wird er in Senf gebadet und dann hat er einen übelst stinkenden Spind, der Arme.

Und dann – ich weiß gar nicht, wie das passiert ist – bin ich einfach ohne nachzudenken zu Josh hingegangen und habe MIT IHM GEREDET! Ja, ganz genau. Ich bin einfach hingegangen und habe angefangen zu reden! Schließlich ist er ein Freund und er tat mir leid. Gott muss mir Kraft gegeben und mein Gebet von heute Morgen gehört haben!

Ich: *Oh Mann, Josh, echt ätzend, was die da mit deinem Spind angestellt haben. Diese Aprilscherze stinken doch echt zum Hi- … Äh, ich meine, sind voll nervig.* (Warum habe ich nur das Wort „stinken“ benutzt – total hirnverbrannt!)

Josh: *Ach, das ist keine große Sache. Ich verstehe nur nicht, warum man so was macht. Es war nicht mal lustig.*

Ich: *Da hast du recht! Voll kindisch irgendwie, mehr so Erstklässler-Niveau. Ach, und es tut mir echt total leid wegen gestern. Du weißt schon, die Sache mit dem Senf …*

Josh: *Null Problemo, Katie. Ehrlich … es war eh ein altes Shirt.*

Unser kleines Gespräch war irre! Ich kam mir echt wie ein ganz NORMALER Mensch vor, der eine NORMALE Unterhaltung mit einem Freund führt!

AUF DEM HEIMWEG WAR ICH SO WAS VON GUT DRAUF!

Und da wir schon den 1. April hatten und der Virus so ein leichtes Opfer ist, konnte ich es mir nicht verkneifen, ihm einen harmlosen Streich zu spielen. Während er sich eine seiner albernen Tiersendungen anschaute, schlich ich mich in sein Zimmer und schnappte mir Rosie. Dann huschte ich schnell in mein Zimmer, versteckte sie in meinem Kleiderschrank und machte die Tür zu.

Genau genommen habe ich Rosie erst in einen Karton und dann in meinen Schrank gesteckt – nur für den Fall, dass sie beschließt, durchzudrehen und die Knöpfe von einem Pulli abzunagen oder so. Der haarigen Stinkbombe ist nicht zu trauen.

Dann ließ ich mich aufs Sofa plumpsen und brachte den Stein ins Rollen …

Ich: *Hey, Virus, was ist denn mit dir los? Ich glaube, das ist das erste Mal, dass ich dich ohne dieses Stinkeviech vor dem Fernseher sehe.*

Virus: *Laber du nur, Katie. Zu deiner Info, Rosie ruht sich um diese Zeit gerne aus. Selbst Stinktiere brauchen mal Entspannung.*

Ich: *Na, dann. Aber als ich gerade an deinem Zimmer vorbeigelaufen bin, habe ich sie nicht gesehen.*

Zack, ist er vom Sofa aufgesprungen und zu seinem Zimmer gerannt – gerade lange genug, dass ich mir die Fernbedienung schnappen und auf den Modesender umschalten konnte. ☺

Plötzlich kam er wieder ins Wohnzimmer gestürzt und sah aus, als ob er gleich ohnmächtig werden würde. „JEMAND HAT ROSIE GEKLAUT! RUF DIE POLIZEI! SIE IST VESCHWUNDEN! SIE IST BESTIMMT VON EINER ZOOHANDLUNG GESTINKTIERNAPPT WORDEN! SIE WERDEN IHR HAMSTERFUTTER ZU FRESSEN GEBEN!", brüllte er aus vollem Halse.

LOLOLOLOLOLOL!!!! Das war der beste Aprilscherz aller Zeiten! Ich musste mein Gesicht in einem Kissen vergraben, damit der Virus nicht mitkriegte, wie ich mich kringelig lachte.

Doch dann hat der Virus alles verdorben. Er rief Mama auf der Arbeit an und heulte wie ein Baby. Ich hatte keine andere Wahl, als mir das Telefon zu schnappen und ihr zu erklären, dass es sich nur um einen kleinen Scherz handelte. Zum Glück hatte Mama Verständnis und wurde nicht allzu sauer. Sie hat mich allerdings an die Goldene Regel erinnert und gemeint, dass ich mich beim Virus entschuldigen muss. MANN! So ein WEICHEI!

Trotzdem musste ich unwillkürlich an den Streich denken, der Josh heute gespielt worden war. Vielleicht hätte ich besser daran denken sollen, EHE ich Rosie im Schrank versteckt habe!

FREITAG, 2. APRIL

SHOPPPINGGGGG-TAAAAGGG!!!!

Ich muss unbedingt von diesem OBERGENIALEN Tag erzählen!

Obwohl ich mich immer noch frage, ob ich überhaupt auf den Ball gehe, konnte ich mir natürlich einen Stadtbummel nicht entgehen lassen.

Ich bin sogar eingeknickt und habe Mama alles über das Drama an der Schule erzählt: von Mr Martins Ansichten über Damen und Gentlemen, von Miranda, dieser Zicke, und sogar davon, wie ich mit Josh nach dem Sardinen-Albtraum geredet habe.

Natürlich hat Mama mich gleich zugetextet: *„Katie, es ist nicht das Ende der Welt, wenn Josh dich nicht zum Ball einlädt. Du kannst mit Sophie hingehen. Und vielleicht ist Miranda gar nicht so schlimm, wie du denkst. Hab Geduld."*

AAARRRGH.

GEDULD – WIE STELLT SIE SICH DAS VOR?

Schließlich waren wir im Einkaufszentrum und ich wollte endlich anfangen zu stöbern. ☺ Als Erstes gingen wir zu *Fashion Frenzy*. FEHLANZEIGE.

Die meisten Kleider waren so kurz, dass Mama augenblicklich sagte: „*AUF KEINEN FALL!*" Manche sahen aus, als gehörten sie in die Kleinkindabteilung. ☹ Wir haben sowieso eine Kleiderordnung in der Schule, die besagt, dass ein Rock nicht weniger als sieben Zentimeter über dem Knie enden darf. Aber ein paar Mädchen aus meiner Klasse ignorieren diese Regel so was von. Wenn die sich hinsetzen, sieht man fast alles … und ich meine alles.

Klassischer MODE-FAUXPAS!!!! Aber natürlich ziehen sie die Blicke bestimmter Jungs auf sich. ☹

SO WILD auf Aufmerksamkeit bin ich dann doch nicht, vor allem nicht von DIESER Art Typen. ☹ Mama sagt zwar, die Jungs werden sich eines Tages noch ändern, aber wer weiß.

Ich will mich auf keinen Fall aufreizend anziehen. ☺ Aber Klamotten, die aussehen wie etwas von meiner Uroma, gehen auch nicht. Das wäre einfach nur PEINLICH.

Bei *Fashion Frenzy* war also nichts zu finden, aber Mama und ich suchten weiter.

DANN.

ZOG.

ICH.

DAS.

GROSSE LOS!!!!!!

Wir gingen zu meinem allerliebsten Lieblingsladen: **Unique Boutique.**

LIEBE! LIEBE! LIEBE!

Fünf Gründe, warum Unique Boutique der coolste Laden überhaupt ist:

1. Mädchen, die wie Models aussehen, shoppen hier.
2. Sie haben für wirklich JEDE Art von Outfit die passenden Accessoires.
3. Es riecht so gut dort. (Papa sagt, das ist ein Verkaufstrick, na und? Besser als der Gestank von Rosie!)
4. Es ist der MODEHIMMEL! Der ganze Laden ist nach Farben sortiert. Pinke Kleider, pinke Schuhe, pinker Schmuck. Türkise Kleider, türkise Haarbänder, türkise Was-auch-immer. Gecheckt? ☺
5. Sie haben Klamotten von CLAIRE HUNTER!!!!!!!!!!

Es dauerte nur wenige Minuten, da hatte ich es schon gefunden:

DAS SCHÖNSTE KLEID IM GANZEN UNIVERSUM!!!!!!!

Es hat die PERFEKTE Länge, die PERFEKTE Farbe, das PERFEKTE Label, es ist RUNDUM PERFEKT!

Aber es war auch sehr teuer, weil es eben aus der Claire-Hunter-Kollektion ist.

„Das können wir nur kaufen, wenn du etwas von deinem eigenen Geld dazugibst, Katie", sagte Mama. „Du musst dich entscheiden. Ich weiß, du sparst auf ein neues Handy, aber wenn du dieses Kleid willst, musst du dich beteiligen."

Da musste ich nicht lange überlegen und habe natürlich versprochen, mich an den Kosten zu beteiligen. Mama hat das Kleid zurücklegen lassen und der Verkäuferin erklärt, dass sie es abholt, wenn sie nächste Woche ihr Gehalt bekommt.

JA!!! JA!!! JA!!
ICH WERDE STOLZE BESITZERIN EINES CLAIRE-HUNTER-KLEIDS!!!!

Ich hoffe allerdings, dass ich es notfalls zurückgeben kann. Denn wenn mich niemand zum Ball einlädt, brauche ich auch nicht das SUPERSCHÖNSTE Kleid überhaupt. Ich werde nämlich nicht auf den Ball gehen, wenn mich niemand auffordert. ☹

Ich kann wohl nicht viel mehr tun als zu beten, dass Josh mich fragt!

Auf dem Nachhauseweg haben wir noch einen Abstecher zum Bastelladen gemacht. Ich war mir sicher, dass wir etwas für den Virus besorgen würden, der baut nämlich gerade ein Haus für Rosie. Ohne Witz.

Der Virus ist jetzt endgültig durchgeknallt. Sein ganzes Zimmer ist voll mit Farbe, Plastikpflanzen und Bastelzeugs. Er hat sogar mit Rotstift „Rosies Palast" auf das Pappdach geschrieben.

Ernsthaft ... **DER VIRUS IST VON ALLEN GUTEN GEISTERN VERLASSEN.**

Er arbeitet schon seit Wochen an dem blöden Ding und nervt Mama ständig damit, ihm irgendetwas mitzubringen. *„Rosie braucht ein Zuhause, das wie ihr natürlicher Lebensraum aussieht. Stinktiere sind sehr ortsgebunden, das sagen sie im Fernsehen, und darum müssen wir es ihr so angenehm wie möglich machen."*

Wenn er dem Stinktier WIRKLICH seinen natürlichen Lebensraum bieten wollte, würde er es vor die Tür setzen und abzischen lassen – NACH SONSTWOHIN!

Doch als wir diesmal ins Bastelgeschäft gingen, spazierte Mama direkt mit mir in die Nähabteilung. Vielleicht durfte ich mir ja ein paar Meter Stoff aussuchen?

Doch als Mama eine NIEGELNAGELNEUE Nähmaschine von Singer in den Einkaufswagen lud, bin ich beinahe in Ohnmacht gefallen!!! Ich habe natürlich gedacht, Mama kauft sich eine neue, weil ich ständig ihre benutze.

„Ich weiß, ich arbeite viel", sagte sie, „und ich wünschte, das müsste nicht sein. Aber ich bin auf das Geld angewiesen, damit ich dir und deinem Bruder auch mal ein paar Extras kaufen kann. Und heute will ich dir etwas schenken, das du sicherlich gut gebrauchen kannst. Diese Nähmaschine hat alle möglichen neuen Stiche und ist gar kein Vergleich zu meiner alten. Sie ist bestimmt auch viel zuverlässiger und der Faden wird nicht mehr ständig reißen."

ICH. WAR. SPRACHLOS.

Ich muss unbedingt Sophie anrufen!!!!

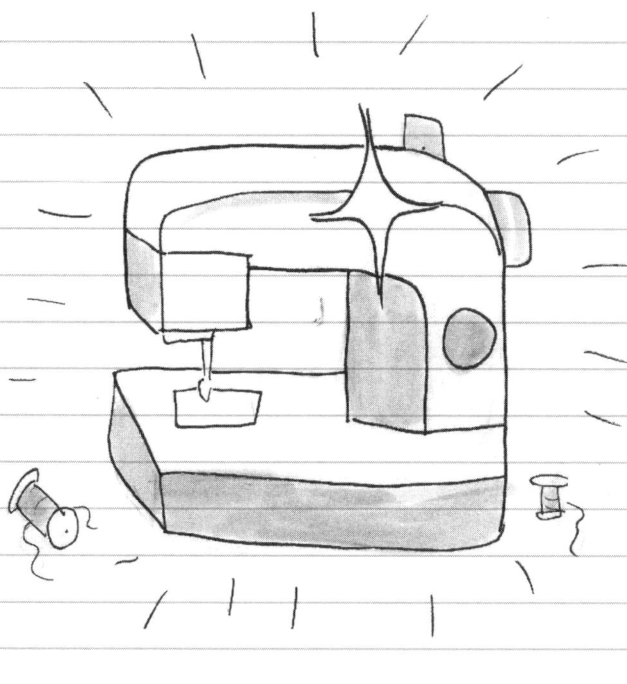

„Es wird bestimmt eine Weile dauern, bis wir alle Funktionen dieser Maschine durchschaut haben, aber das kriegen wir schon raus. Die Technik hat sich sicher etwas verändert!", sagte Mama. „Du bist sehr kreativ, Katharina. Ich denke, langsam wird es Zeit, dass du eine deiner Kreationen auch mal zur Schule trägst. Gut genug sind sie, das weißt du."

Haben die großen New Yorker Designer so angefangen? Vielleicht haben ihnen ihre Mütter ja auch das Nähen beigebracht? Das werde ich auf Google mal recherchieren!

Heute Abend werde ich also nicht über diesen blöden Ball nachdenken! Ich habe Wichtigeres zu tun:

1. Sophie anrufen und ihr alles erzählen!
2. Mein Skizzenbuch rausholen und Katie-Konrad-Originale entwerfen!

FÜR DIE GEBETSLISTE:
Gott für eine Mama danken, die versteht, wie wahnsinnig gerne ich Klamotten entwerfe!

SAMSTAG, 3. APRIL

Mein Blatt wendet sich wohl allmählich. Zwei dramafreie Tage hintereinander – VOLL SCHÖN!

Ich kann es selbst kaum glauben, aber Mama und ich haben tatsächlich herausgefunden, wozu jeder einzelne Knopf an meiner neuen Nähmaschine gut ist. Ich hatte auch einen Entwurf für eine Bluse, den ich ausprobieren wollte. Wenn ich je den Mumm haben sollte, etwas Selbstgenähtes in der Schule zu tragen, dann fange ich wohl besser klein an, mit einem schlichten Oberteil.

Ein pinker Stoff aus dem Bastelladen war die PERFEKTE Wahl. Ich habe sogar noch ein paar coole Knöpfe in der alten Kiste im Schrank gefunden. Sobald ich mir die Einzelteile zurechtgelegt hatte, wollte ich gleich anfangen, das ganze Ding mit einem der neuen Stichprogramme zusammenzunähen. Aber natürlich war Mama der Meinung, dass ich zuerst an alten Stoffresten üben soll.

Ich habe nicht gewusst, dass eine Nähmaschine so schnell sein kann! Mamas alte Maschine ist gegen diese richtig schäbig. Anfangs waren meine Nähte noch etwas wellig, aber bald schon nähte ich wie ein Profi!

DAS ALLERERSTE
Katie Kourad
ORIGINAL!

Die Bluse wurde VIEL toller, als ich erwartet hatte! Sie wird vielleicht nicht unbedingt in naher Zukunft auf einem Laufsteg auftauchen, aber sie ist ein Schritt in die richtige Richtung. ☺

Ich muss unbedingt zwei Sachen tun:

1. Die Bluse zusammen mit meiner Lieblingsjeans anprobieren. Mama meint, sie müsste passen, aber ich bin mir da nicht so sicher. Der eine Ärmel ist etwas länger geraten als der andere, aber den könnte ich hochkrempeln. Vielleicht starte ich ja einen neuen Modetrend. ☺
2. Ich muss unbedingt EIN FOTO VON DER BLUSE MACHEN und es Sophie mailen. Sie wird AUSFLIPPEN und genau so eine haben wollen!

Muss los!!!!

Ich hatte recht, Sophie ist ausgeflippt.

Ich meine, VOLL ausgeflippt! Sie fand die Bluse (die übrigens perfekt passt) supercool und meinte, es sei die schönste, die sie je gesehen hat. Das hat sie vermutlich nur gesagt, weil sie meine BFF ist, aber es war trotzdem nett. Sie hat auch gesagt, dass sie genau so eine haben will. (Hab ich's doch gewusst! Ich kenne sie wie ein aufgeschlagenes Buch!)

Da es Samstag war und mein Zimmer halbwegs aufgeräumt, hat Mama erlaubt, dass Sophie zum Chillen zu mir kommen darf.

ICH HABE DEN ULTIMATIVEN TAG GEPLANT:

Zuerst werde ich eine Bluse für Sophie entwerfen und ihre Ideen mit einarbeiten. Schließlich muss ein Designer den Kunden glücklich machen. ☺ Ich bin etwas nervös, vor Sophie zu nähen, keine Ahnung, warum. Sie hat gesehen, wie ich Josh mit Senf bespritzt habe, hat blöde Schilder von meinem Rücken abgemacht und war die EINZIGE, die mich auf das grüne Zeug zwischen meinen Zähnen aufmerksam gemacht hat! Warum sollte ich vor meiner BFF nervös sein?

Wenn wir die Bluse gemacht haben (Daumen drücken, dass sie passt!), können wir vielleicht ein paar Gesichtscremes zusammenrühren. Oder Bodylotions? Mal sehen, was Sophie dazu meint, schließlich ist sie der Profi in solchen Sachen.

Sophie kam zu mir und wir hatten den BESTEN Tag überhaupt. Sie hatte ein paar Meter blauen Glitzerstoff mitgebracht und konnte es kaum erwarten, mich in Aktion zu sehen!

Ich schnitt die Einzelteile sorgfältig zu und besprach jeden Schritt zur Sicherheit mit Mama. Nach ein, zwei Stunden HARTER ARBEIT an der Nähmaschine war die Bluse schließlich fertig! Sophie hat beim Anprobieren vor Freude gequietscht, und sie passte perfekt. Wir haben mit ihrem Handy zig Fotos davon gemacht. (Meiner Meinung nach sah sie genau so cool aus wie die Blusen in der **Unique Boutique** UND sie war viel billiger. ☺)

DANN BAHNTE SICH EINE KATASTROPHE AN …

Sophie hatte ein Rezept für ein Gesichtspeeling gefunden, das die Haut „babyweich" machen und „entfetten" sollte. Das klang super, da meine Haut immer einer Pommesbude gleicht. ☹

Die Wunderkur: ein wohltuendes Gesichtspeeling (NICHT!!!)

5 Teelöffel Wasser
3 Teelöffel Naturjoghurt
2 Teelöffel Honig
3 Teelöffel gemahlener Kaffee

Ich hätte selber darauf kommen müssen, dass das nicht funktionieren kann. ☹ Ich mag Kaffee noch nicht mal TRINKEN, und sich das Gesicht mit gemahlenem Kaffee einzureiben, klingt KRANK!

Wir zogen unsere Bademäntel über (man BRAUCHT einen Bademantel für den echten Wellness-Effekt), banden uns die Haare zurück und rieben uns die Gesichter mit der Kaffeepampe ein. Wir sahen aus, als seien wir mit dem Gesicht voran in einen Starbucks-Mülleimer gefallen! Wenigstens haben wir Rosie und dem Virus einen gehörigen Schreck eingejagt, als wir uns mit unseren Kaffeemasken hinter seiner Zimmertür versteckten. LOLOLOL!!!!

SEHR GUT.

Doch als Sophie meinte, wir müssten das Zeugs zehn Minuten lang drauf lassen, WURDE ES UNGEMÜTLICH.

Nach fünf Minuten begann meine Haut zu jucken. Das Jucken wurde IMMER SCHLIMMER. Sophie ging es genauso. Schließlich hielten wir es nicht länger aus und rannten ins Bad, um uns die Pampe so schnell wie möglich vom Gesicht zu waschen. Dann sah ich in den Spiegel …

UND FLIPPTE AUS!!!!!!!

Ein knallrosa Ausschlag überzog mein ganzes Gesicht – vor allem die Augenpartie. Und Sophie sah noch schlimmer aus als ich.

ES WAR FURCHTBAR! ES WAR EINFACH NUR FURCHTBAR!

Ich sah aus, als hätte ich WINDELAUSSCHLAG IM GESICHT!

Wir mussten es wohl oder übel Mama zeigen. Sie ist schnell zum Medizinschrank gegangen und hat uns eine Art Salbe auf die Haut getan, die gegen die Rötung helfen sollte. TAT SIE NICHT. Als Sophie nach Hause ging, sah sie aus wie ein verunglücktes medizinisches Experiment.

Der Tag, der so wunderbar perfekt begonnen hatte, ENDETE ALS SCHLIMMSTER TAG ALLER ZEITEN.

Warum GEHT BEI MIR STÄNDIG ETWAS SCHIEF? Mama meint, dass Gott auch blöde Sachen in unserem Leben zulässt, weil wir dadurch im Glauben stärker werden. ICH HABE ZWAR KEINE AHNUNG, warum Gott diesen MIESEN Ausschlag auf meinem Gesicht zugelassen hat, aber ich muss ihm wohl vertrauen!

FÜR DIE GEBETSLISTE:
Beten, dass dieser AUSSCHLAG bis Montag weg ist!!!

SONNTAG, 4. APRIL

Es ging nicht anders, ich musste heute im Gottesdienst eine Sonnenbrille aufsetzen. Ich habe über eine Stunde gebraucht, bis ich Mama und Papa so weit hatte, aber schließlich haben sie nachgegeben. Sophie hatte mit ihren Eltern exakt das gleiche Theater. Jedenfalls sahen wir ohne die Sonnenbrille noch VIEL schlimmer aus, weil wir immer noch diesen Monsterausschlag im Gesicht hatten.

Die Leute haben ziemlich komisch geguckt, als wir reinkamen, aber wir haben versucht, das zu ignorieren. Ich muss zugeben, ich hatte gehofft, dass Josh heute NICHT zum Gottesdienst kommen würde. Er war der LETZTE, dem ich mit dieser Fresse begegnen wollte.

LEIDER PECH GEHABT.

Josh musste zweimal hinsehen, als er uns reinkommen sah. Ich habe auch bemerkt, dass er Tyler etwas zuflüsterte. BESTIMMT irgendetwas in der Art, wie dämlich wir doch aussehen.

Schließlich kam Tyler zu mir rüber und war eigentlich ganz nett. *„Hi, Katie. Was geht? Ist alles in Ordnung?“*

Vielleicht hatte Josh ihn beauftragt, mich zu fragen?
„Alles ok, Tyler", sagte ich. „Warum?"

Auch mit Sonnenbrille sah ich DEUTLICH, wie Tyler Josh einen Blick zuwarf und die Augen verdrehte.
Oh, aber wenn MIRANDA MARONI mit Sonnenbrille zum Gottesdienst gekommen wäre, hätten Josh und Tyler sie für das COOLSTE Mädchen weit und breit gehalten. Sie hätten nicht gefragt, ob mit IHR alles in Ordnung ist. Sie hätten einfach angenommen, dass sie eine Sonnenbrille trägt, weil sie so cool ist. ☹☹

AAARRRGH! ICH VERSTEHE JUNGS NICHT!!!

Der Ausschlag muss jetzt schleunigst verschwinden, denn der Ball steht vor der Tür! Natürlich gibt es immer noch dieses kleine Problem, dass mich niemand gefragt hat … ☹☹☹

Später mehr … GTG!!!

Heute Abend war wieder eine B.S.E-RUNDE fällig und Papa hatte Neuigkeiten von unserem Einsatz. Obwohl ich mich darauf freue, wünschte ich, Papa würde verstehen, dass mir der Zeitpunkt sehr ungelegen kommt.

Papa: *Der Direktor vom Missionswerk hat noch mal angerufen und daran erinnert, dass wir jede Menge Bastelmaterial mitbringen sollen. Er meinte, die Kinder freuen sich schon riesig!*

Mama: *Klasse! Das wird bestimmt richtig gut! Dr. Hamilton hat einen Karton Kinderzahnbürsten gespendet, die wir mitbringen können.*

Ich: *Papa, könntest du diese Reise nicht noch mal verschieben? Ich habe wirklich was Wichtiges vor und so.*

Der Virus: *Du hast überhaupt nichts vor! Vor allem nicht, wenn du diesen blöden Ball meinst! Dich hat ja noch nicht mal wer gefragt! Wer will schon mit einem MONSTER-GESICHT hingehen? Das ist meine gute Sache für heute – Katie ist ein Monstergesicht.*

Ich: *Noch ein Wort und ich werde Rosie nicht nur als Aprilscherz verstecken … ich werde diese Stinkbombe für IMMER verstecken! Das wäre mal WAS!*

Papa: *Okay, okay, das reicht, ihr zwei. Der Ball ist doch erst in der Woche nach unserer Rückkehr, Katie. Du hast also genug Zeit für deine Vorbereitungen. Denk an das, worüber wir geredet haben. Das wird nicht dein letzter Ball sein, und es ist wichtig, dass wir uns für andere Menschen einsetzen.*

Ich kann nicht glauben, dass ich diese Woche nach Arizona muss! Obwohl ich es spannend finde, mal in einem Indianer-Reservat zu sein, MUSS ich mein Handy mitnehmen – es könnte ja sein, jemand ruft an und LÄDT MICH ZUM BALL EIN!

Aber mein STEINZEITHANDY funktioniert vermutlich noch nicht mal im Südwesten! ? ? ?

Ich: Ok, du wirst es nicht glauben. Wir fliegen DIESE WOCHE nach Arizona. Und zwar am DIENSTAG – also ÜBERMORGEN!

Sophie: Cool! Nach Arizona würde ich voll gerne mal. Aus unserer Klasse war garantiert noch kein Mädchen in einem Reservat. Nicht mal Miranda! ☺

Ich: Soph! Kapierst du nicht, dass ich HIER sein muss? Wir müssen „Operation Frühlingsball“ noch erfolgreich durchziehen, wenn du verstehst, was ich meine.

Sophie: Darüber mach dir mal keine Sorgen! Der Ball macht dich noch ganz IRRE! Wer weiß, vielleicht macht dir und dem VIRUS dieser Einsatz sogar Spaß. ☺ Oh, und FYI, ich habe deiner Mutter gesagt, dass ich Rosie füttere, während ihr weg seid.

Ich: IGITT! Du KENNST meinen Bruder nicht! Er ist EINE PLAGE. Und dieses Stinktier stinkt!
Sophie: LOL! Schon okay.
Ich: Bis morgen in der Schule. Nicht vergessen, wir ziehen unsere neuen Shirts an. ☺
Sophie: Klaro. Freu mich schon TOTAL! C YA!

Warum habe ich das über meinen Bruder gesagt? Das war gemein! Klar, er kann schon nerven, aber eine PLAGE ist er nicht. Na ja, jedenfalls meistens. Aber ich kann mir darüber jetzt keine Gedanken machen. Ich habe TONNENWEISE Arbeit mit meiner Kleiderskizze! Vielleicht setze ich mich nachher noch an die neue Nähmaschine und nähe den Saum von dem echten Kleid fertig.

Gebetsliste:

Gott um Vergebung bitten, weil ich was Gemeines über den Virus gesagt habe.

MONTAG, 5. APRIL

WAS IST LOS MIT MIR?

Ich bin seit 6.00 Uhr wach! Ich habe auch schon in dieses verrückte Tagebuch geschrieben, wie man sieht. CRRRAAAAAZZZYYYYYYY.

Ich bin voll nervös, weil ich heute meine neue Bluse zur Schule anziehen will. Ich habe Mama sogar gebeten, sie zu bügeln – ZWEIMAL!

Was, wenn alle sie blöd finden? Und da Sophie ihre auch anzieht, werden wir dann gleich BEIDE AUSGELACHT werden!

Ich werde beide Ärmel hochkrempeln, sicher ist sicher, und dazu die silbernen Ohrringe und die ausgebleichte Jeans. Vielleicht lege ich auch ein bisschen Erdbeer-Lipgloss auf und bitte Mama, mir die Haare zu flechten. JA!

MUSS MICH FERTIG MACHEN!!!!

Sophie war schon vor mir in der Schule und tigerte vor meinem Spind auf und ab. Sie sah UMWERFEND aus in der neuen Bluse! Dazu trug sie blaue Ohrhänger, einen schwarzen Rock und hohe Stiefel.

Ich konnte es kaum glauben: meine beste Freundin trug ein KATIE-KONRAD-ORIGINAL … UND ICH AUCH!

Aber wir waren beide nervös.

Miranda Maroni war noch nicht in der Schule. Sie würde definitiv etwas FIESES sagen! ☹

Ich, schwer besorgt: *Hat schon jemand gelacht? Ich fange bestimmt an zu schwitzen und dann kriege ich Schweißflecken unter den Achseln. Ich STERBE, wenn das passiert!*

Sophie, voll ruhig: *Bleib mal locker! Du führst dich schon wieder wie eine Verrückte auf!*

Ich, nervös: *Miranda wird sich bestimmt vor Lachen auf den Boden schmeißen, wenn sie eine Bluse mit zwei verschieden langen Ärmeln und Schweißflecken sieht. Was ist nur in mich gefahren, dieses blöde Teil zur Schule anzuziehen?*

BFF Sophie: *Ich habe dir doch gesagt, es wird überhaupt niemand merken, dass die Bluse selbstgenäht ist. Außerdem, wen interessiert das? Ich liebe meine Bluse! Katie, reiß dich zusammen.*

Doch KAUM waren Sophie diese Worte entschlüpft, hörte ich auch schon Miranda und Emily den Gang hochkommen. Sie redeten über den Ball ... WAS SONST!

Emily: *Ich habe immer noch kein Kleid gefunden, aber Mama und ich gehen morgen shoppen.*

Miranda: *Ich bin schon so gespannt! Ich habe die Auswahl jetzt auf zwei Kleider reduziert, aber ich kann mich einfach nicht entscheiden.*

Emily: *Du hast es gut! Bei mir ist es voll schwierig. Jedes Kleid ist mir entweder zu eng oder zehn Nummern zu groß.*

Wenigstens hatte ich Miranda etwas voraus, da ich bereits ein Kleid hatte. ☺ Aber natürlich war sie mir um LÄNGEN voraus, weil die Jungen bei ihr praktisch Schlange standen, um mit ihr zum Ball zu gehen. ☹

Plötzlich entdeckte Emily Sophie und mich bei unseren Spinden. Natürlich stand Miranda einfach nur da und musterte uns von Kopf bis Fuß. Ich wollte lieber nicht wissen, was in ihrem Hirn abging.

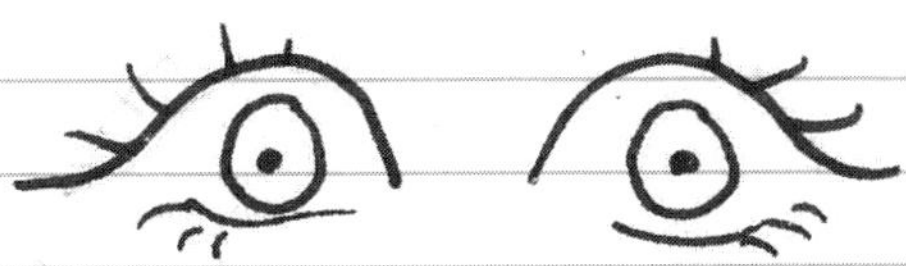

Emily: *Ich mag deine Bluse, Sophie – vor allem die Knöpfe. Cool.* (Natürlich sagte Emily das nicht zu MIR, nicht vor Miranda!)

Sophie: *Danke. Ich hab sie erst seit gestern. Ich finde sie auch toll.*

Emily: *Hast du die aus der* **Unique Boutique**? *Ich liebe den Laden.*

Sophie: *Ich auch! Ich könnte da drin WOHNEN. Aber nope, da hab ich sie nicht her.*

Emily: *Was für eine Marke ist das denn? Hast du sie online bestellt oder so?*

(Warum war Emily plötzlich so gesprächig und stellte so viele Fragen?)

Sophie: *Nein … äh, … die Marke heißt K.K.O., glaube ich.*

Ich: *Soph, die Stunde fängt gleich an! Wir müssen los!*

SOPHIE IST DIE BESTE!

Sie kann wie aus der Pistole geschossen antworten! Mir wäre NIE IM LEBEN eingefallen, **K.K.O.** als Marke für unsere Blusen zu erfinden – was natürlich für Katie Konrad Original steht. ☺ Kein Wunder, dass sie das Superhirn der Klasse ist!

Und ich bin ziemlich sicher, dass Emily die Bluse, die ich anhatte, auch gefiel. Ich habe gesehen, wie sie sie angeguckt hat. Ich wette, selbst Miranda mochte meine Kreationen – sie ist nur viel zu sehr Miranda, um etwas Nettes zu sagen.

Ich kann immer noch nicht glauben, dass wir morgen nach Arizona fliegen.

MORGEN!

WAS DENKEN SICH MEINE ELTERN EIGENTLICH?

Da der Schulball nur ein paar Tage nach unserer Rückkehr ist, muss das mit dem Partner stehen, bevor ich nach Arizona gehe – also sozusagen HEUTE!

Und der Kunstwettbewerb rückt auch immer näher. ICH HABE DOPPELT STRESS!!!

Wenn ich auch nur den Hauch einer Chance auf den 1. Platz haben will, muss es DIE BESTE MODE-SKIZZE ALLER ZEITEN sein!

SIE MUSS SO GUT WERDEN
WIE EIN MEISTERWERK
VON VAN GOGH!!!!

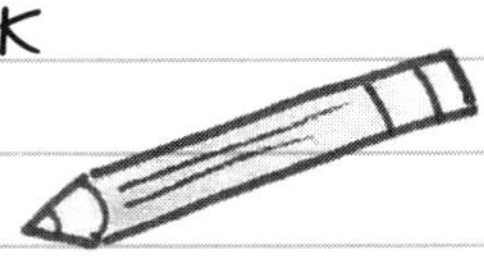

Sophie hat gleich nach der Schule mit mir gechattet. Matt hat sie gefragt, ob sie mit ihm zum Ball gehen möchte!

ICH WUSSTE ES.

Sophie: OMG. Ich kann nicht fassen, dass Matt mich gefragt hat. Das ist voll abgefahren. Soll ich gehen, einfach als gute Freunde, natürlich?
Ich: Wow! Du gehst natürlich unbedingt! Kannst mich zwischendurch ja mal updaten, wie es läuft, weil ich wohl nicht da sein werde.
Sophie: Du hast doch noch einen Tag bis zur Abreise, stimmt's? Soll ich Matt fragen, ob er Josh fragt, ob er dich fragt?
Ich: Ähmmm … weiß nicht. Vielleicht? Ich dachte, er würde Miranda fragen.
Sophie: Ich denke, die redet einfach viel. Muss los!

Nur, dass das klar ist: Ich freue mich, dass Matt Sophie zum Ball eingeladen hat. Er ist ein netter Typ und so. Er hat sich sogar bei mir entschuldigt für den Aprilscherz und all das.

Aber ich muss zugeben, dass ich ein bisschen neidisch bin. ☹☹☹

Habe alle zehn Minuten auf mein Handy geschaut … dann alle zwei Minuten, immer in der Hoffnung, dass Sophie mir eine Nachricht hinterlassen würde.

ABER. FEHLANZEIGE.

Keine Nachrichten. ☹

NICHT VON SOPHIE. ☹☹

NICHT VON JOSH. ☹☹☹

Ich beschloss, auf mein Zimmer zu gehen und zu tun, was ich immer tue, um mich abzulenken: BETEN und an meinen Entwürfen arbeiten. Vielleicht reiche ich ja tatsächlich irgendwann mal ein richtiges Kleid irgendwo ein, aber für den Wettbewerb jetzt muss die Zeichnung reichen. Ich habe das echte Très-chic-Kleid in meinen Schrank gehängt und die Tür zugemacht.

ANMERKUNG IN EIGENER SACHE: Hör auf, dich wie ein Baby zu benehmen, obwohl diese ganze Ballgeschichte total nervig ist!!!

DIENSTAG, 6. APRIL (ARIZONA)

ES. GEHT. LOS.

Heute fliegen wir nach Arizona.

Ich reiche auch meinen Beitrag für den Kunstwettbewerb ein. Wünsch mir Glück! Es ist zwar nicht das richtige Kleid, aber immerhin die beste Zeichnung, die ich jemals gemacht habe. Ich wiederhole – **JEMALS. Vielleicht traue ich** mich ja nächstes Jahr, beim Kunstwettbewerb ein Kleid einzureichen.

Ich kann immer noch nicht glauben, dass es heute gleich nach der Schule nach Arizona geht. AUSGERECHNET HEUTE! ☹ Schlechter hätte Papas Timing echt **nicht** sein können!

Muss los, obwohl ich SCHWER NERVÖS bin, wenn ich an die Schule denke. ☹

AAARRRGH!

Ich wünschte, ich wäre heute NIE zur Schule gegangen!!!!

D.D.D.D.

DOPPELT DÄMLICHER DOOFER DIENSTAG!!!!!!

Wie kommt es, dass JEDER Dienstag meines Lebens SO DOOF ist?

In der Schule ist mir gleich als Erstes aufgefallen, wie Tyler und Emily die Köpfe zusammengesteckt und getuschelt haben. Es ging BESTIMMT um den Ball, aber ich wollte nicht neugierig wirken.

Als ich ihnen gerade Hallo sagen wollte, ist Tyler schnell weggegangen und hat kaum ein Hi rausgekriegt. **Was hat er denn?**

Schließlich habe ICH ihm meine Freunde vorgestellt, damit er sich nicht so allein fühlt. ICH habe versucht, ihn vor dem Virus zu beschützen, als sie zu uns zum Abendessen gekommen sind. ICH habe ihn vor Mr Finkelmans schrecklichen Tests gewarnt!

EIN SCHÖNER FREUND IST MIR DAS!

KOMISCH. SELTSAM. STRANGE.

Ich habe das Sophie erzählt, als wir zur ersten Stunde gingen. Und da hat meine beste Freundin DIE BOMBE PLATZEN LASSEN:

JOSH HAT MIRANDA GESTERN ABEND EINE SMS GESCHRIEBEN UND SIE GEFRAGT, OB SIE MIT IHM AUF DEN BALL GEHT.

Josh hat es Tyler erzählt, Tyler hat es Emily erzählt und Emily hat es Sophie erzählt. ☹☹☹☹☹☹

Ich hab ja gewusst, dass das passieren könnte, aber ich konnte es trotzdem nicht fassen, dass der Junge, den ich toll finde, … **SIE** fragt.

WARUM MIRANDA MARONI??? WARUM???

Wenigstens habe ich es von meiner BFF gehört und nicht etwa von Miranda, die es mir unter die Nase gerieben hätte. Insgeheim hoffe ich, dass es voll der Reinfall für die beiden wird.

(**Gebetsliste:** Beten, dass du niemandem was Schlechtes wünschst.)

Aber das war erst der Anfang …

Heute war Sport – das Fach, das ich AM WENIGSTEN mag!

Und zu allem Übel hatte unser Sportlehrer Mr Calloway auch noch die geniale Idee, uns Volleyball spielen zu lassen. Yep – Mirandas Lieblingssport.

WARUM????

Ich bin GROTTENSCHLECHT in Volleyball, und ich fand, ich war an diesem Tag schon genug gedemütigt worden.

Sophie hat mich daran erinnert, dass niemand sonst überhaupt gewusst hat, dass ich gerne mit Josh Henderson zum Ball gegangen wäre.

ABER ICH WUSSTE ES, UND DAS WAR SCHLIMM GENUG.

Zu allem Überfluss machte unser Sportlehrer meinen ohnehin schon schrecklichen Tag noch furchtbarer! Er teilte die Mannschaften ein, indem er herumging und allen sagte, dass sie entweder eine 1 oder eine 2 sind. VÖLLIG KLAR, dass Miranda eine 1 und ich eine 2 war. Zum Glück war Sophie auch eine 2, so waren wir in derselben Mannschaft.

Aber das hieß, dass wir gegen Miranda spielen mussten, der TOPSPIELERIN. Gibt es überhaupt IRGENDETWAS, das dieses Mädchen nicht kann? Natürlich war Josh in ihrer Mannschaft. WAR JA KLAR! (Wenigstens spielten Tyler und Matt mit Sophie und mir.)

Ich: *WARUM um alles in der WELT tun wir das? Ich bin Modedesignerin, KEINE Volleyballspielerin! Die werden KLEINHOLZ aus uns machen!*

Sophie: *Finde ich auch – blödes Timing! Lass einfach Tyler oder Matt die Laufarbeit machen und den Ball übers Netz hauen.*

Ich: *Aber irgendwann bin ICH mit Aufschlagen dran! Du brauchst Arme aus Stahl, um diesen blöden Ball rüberzuschlagen. Miranda hat so starke Arme, weil sie immer ihre zehn Pfund Make-up und Haarspray tragen muss!*

Sophie: *Du drehst schon wieder durch, Katie. Ruhig Blut!*

Ich: *Bete, dass ich diesen blöden Ball übers Netz kriege, wenn ich mit Aufschlagen dran bin. Ich meine es ernst – BETE!*

Aber dann wurde es VOLL MERKWÜRDIG. Obwohl Miranda allen Grund hatte, glücklich und aufgekratzt zu sein und einen auf Superstar zu machen, hat sie kein einziges Mal geschmettert.

KEIN EINZIGES MAL.

Sie hat den Ball nur gestellt und es allen anderen überlassen, ihn übers Netz zu schlagen.

SELTSAM. Was ist los mit ihr?

Mir ist echt der Mund offen stehen geblieben. War sie krank? War Emily endlich zur Vernunft gekommen und hatte ihr gesagt, dass sie LEINE ZIEHEN soll? Das hätte ich voll verstehen können ... Ich habe mir das Gehirn zermartert, was los war. Und ich muss WIRKLICH für eine Sekunde abwesend gewesen sein – sonst hätte ich IHN KOMMEN SEHEN.

DAS HEIẞT, ICH HÄTTE GESEHEN, WIE JOSH DEN BALL IN MEINE RICHTUNG SCHMETTERTE!

Sophie duckte sich schnell, als Josh den Ball übers Netz hämmerte. Und direkt hinter ihr stand MEINE UNGLÜCKLICHE WENIGKEIT.

Der Ball traf mich mitten ins Gesicht.

VOLL.

Ich ging zu Boden. Ich war mir fast sicher, dass meine Nase gebrochen war. Das war sogar noch peinlicher als die Senf-Katastrophe! Ein paar Kids standen um mich herum und starrten mich an wie eine Missgeburt aus einem Versuchslabor.

Sophie ist zu mir hingeeilt und hat mir auf die Beine geholfen. Genau wie Josh. Er war DER LETZTE, mit dem ich reden wollte! Natürlich hat er gesagt, dass es ihm leidtut, dass er den Ball so fest geschmettert hat.

BLA, BLA, BLA!!!!!!

Ein Gutes hatte es, dass ich eins auf die Nase bekommen hatte: Ich durfte früher nach Hause. Mr Calloway rief Mama an und redete so, als sei ich eine Drittklässlerin, die sich auf dem Spielplatz wehgetan hat. MAAAANN!!!!!

Als Mama in der Schule eintraf, war meine Nase DICK GESCHWOLLEN. Sie sah aus wie die Knollennase von Virus' Kartoffelmännchen.

HÄSSLICH!

WEN KÜMMERT JETZT NOCH SO EIN BLÖDER FRÜHLINGS-BALL?

Ich bin so was von reif dafür, nach Arizona zu fliegen! Vielleicht nehmen die im Reservat noch jemanden auf ... mehr so FÜR IMMER!

SPÄTER MEHR!!!!! MUSS PACKEN!!!!!!

Endlich geht's zum Flughafen.
JA!!!

Nach der peinlichen Volleyballgeschichte hatte Mama Mitleid mit mir und meinte, ich könnte ihr Handy benutzen, um Sophie eine Nachricht über WhatsApp zu schicken. Ich hatte keine Zeit zu verlieren!

Sophie: Tut mir so leid, was dir passiert ist. Und jetzt noch die Reise! Wie geht's deiner Nase?
Ich: Danke, Soph. Der Nase geht's ganz gut, hat nur die Größe einer Avocado.
Sophie: Oh nein, hör auf! Halt mich auf dem Laufenden und ich schreib dir das Neuste aus der Schule und besorge dir die Hausaufgaben. Würde auch gerne mal ein Reservat besuchen. LANGWEILIG hier, du verpasst also nichts. CU LATER, BFF!

Schließlich sind wir in Arizona angekommen und zur Trinity Church gefahren, wo wir ein paar Tage lang bleiben. Da gibt es eine große Turnhalle und Duschen, deshalb ist es ein bisschen wie Campen, aber ohne die Mückenstiche. ☺

Aber eins STINKT mir (und damit meine ich STINKT!), und zwar, dass der Virus auf dem Feldbett neben mir schlafen muss. ☹ ☹ ☹ WENIGSTENS musste er Rosie zu Hause lassen. DANKE, JESUS!

Pastor Coleman, der Campleiter, ist vorbeigekommen und hat uns ein bisschen was über das Volk der Apachen erzählt. Die Leute von seiner Gemeinde sind wirklich froh, dass wir zum Helfen gekommen sind. Sie haben sogar Kleidung gesammelt, die an die Familien verteilt werden soll.

Plötzlich bin ich mir VOLL BLÖD vorgekommen, dass ich so ein Theater um das alberne Kleid aus der **Unique Boutique** gemacht habe. Mama war so lieb und hat es noch vor unserer Abreise abgeholt.

Hoffentlich kann ich es zurückbringen, wenn ich wieder zu Hause bin. Schließlich bin ich wirklich die Letzte, die jetzt noch so ein Kleid braucht! ☹

ZEIT, SICH AUFS OHR ZU HAUEN!

ICH. BIN. FIX UND ALLE!!!!

MITTWOCH, 7. APRIL

Bevor wir heute Morgen zum Reservat gefahren sind, hat Papa uns an **Matthäus 28,19** erinnert: „Geht hinaus in die ganze Welt, und ruft alle Menschen dazu auf, mir nachzufolgen! Tauft sie im Namen des Vaters, des Sohnes und des Heiligen Geistes!"

Da hat es bei mir so richtig Klick gemacht, warum wir hier sind. Es ist mir sogar ein bisschen leichter gefallen, den Virus zu ertragen. Aber wie genau wir den Apachen von Jesus erzählen sollten, war mir nicht klar.

Ich gebe zu, ich war ein bisschen nervös bei der ganzen Sache. Was, wenn die Apachen uns nicht mochten? Was, wenn sie den Virus und mich für die totalen SPINNER hielten?

Natürlich IST der Virus ein Spinner, also stimmt es wenigstens zur Hälfte. ☺

Doch als wir schließlich im Reservat angekommen waren, lief es besser als erwartet. Mr Coleman hat Mama und Papa den Stammesältesten vorgestellt und sie haben das Programm für die nächsten Tage besprochen. Und dann haben wir ENDLICH ein paar Kids getroffen!

Ich war total erstaunt, dass alle Jeans und T-Shirts trugen, genau wie der Virus und ich. SELTSAM. Aus irgendeinem verrückten Grund hatte ich geglaubt, ich würde vielleicht ein paar coole Original-Indianer-Outfits zu Gesicht kriegen. Papa hat mir noch mal erklärt, dass die Apachen ihre traditionelle Kleidung nur zu besonderen Anlässen wie einem Powwow tragen.

ICH HIRNI. ☹

Zwei der Mädchen sind etwa in meinem Alter. Kay (der Name bedeutet „hoch gewachsen wie eine Weide") und Eleni (der Name bedeutet „Klugheit") haben einen ganz ähnlichen Geschmack wie ich. Sie mögen sogar die gleiche Musik!

Aber warum habe ich nicht so einen coolen Namen wie Kay oder Eleni? Ich habe keinen blassen Schimmer, was „Katie" bedeutet. Muss Mama später fragen. Es würde mich nicht überraschen, wenn der Name „unbeliebt" oder „Mädchen, das nicht tanzt" bedeutet. Ganz sicher irgendwas voll Lahmes.

In wenigen Stunden hatten Mama und die anderen Mitarbeiter das Reservat in eine Outdoor-Ferienbibelschule verwandelt.

Willkommen zur FBS

Programm

10.00	gemeinsames Singen
11.00	Geschichten über Gott und die Welt
12.00	Mittagessen
13.00	Vortrag
14.00	Pause/Bastelangebote
15.00	Abschlusslied

Papa leitet das Singen und Mama die Lehreinheiten. Der Virus und ich mischten uns unter die Kids.

Mama hat erzählt, dass es in vielen Teilen der Welt VERBOTEN ist, von Jesus zu reden.

WAHNSINN! Es gibt Kinder in meinem Alter, die ihr LEBEN RISKIEREN, um zu beten und in der Bibel zu lesen.

VOLL VERRÜCKT!!

Themawechsel: **DAS MITTAGESSEN WAR SUPERLECKER!**

Elenis Oma hat indianisches Fladenbrot gebacken – was ich noch nie gegessen hatte. Ich muss Sophie unbedingt eine E-Mail schreiben, oder besser noch, ihr gleich das Rezept besorgen. Zum Fladenbrot, auch „indianisches Taco" genannt, gab es alles Mögliche dazu: Bohnen, Käse, Salat und würzige Chilis. KÖSTLICH!!

Kay hat uns auch erzählt, was sie zu besonderen Anlässen essen. Auf Antilope oder Büffel kann ich aber verzichten. IGITT ...

Wären Mr Calloway oder Sophie hier, würden sie das bestimmt mal probieren! Und Josh und Tyler würden sich sicher auch darüber hermachen! LOL!

Das erinnert mich natürlich gleich an den ganzen peinlichen Kram, der in der Schule passiert ist. ☹ Ich glaube nicht, dass Kay oder Eleni sich mit Mädchen wie Miranda Maroni herumschlagen müssen!

Wenigstens sah meine Nase fast wieder normal aus. Die Aussichten sind glänzend …

Papa hat einen Vortrag zum Thema „Gott, unser Schöpfer" gehalten und über **1. Mose 1,26–27** gesprochen. *„Dann sagte Gott: ‚Jetzt wollen wir den Menschen machen, unser Ebenbild, das uns ähnlich ist. Er soll über die ganze Erde verfügen: über die Tiere im Meer, am Himmel und auf der Erde.' So schuf Gott den Menschen als sein Ebenbild, als Mann und Frau schuf er sie."*

Was er gesagt hat, war ziemlich cool, und ich fand, man hat gemerkt, dass die Botschaft wirklich bei den Zuhörern angekommen ist. Ich zumindest kann mir nicht vorstellen, dass so etwas Tolles wie Berge, Wasser, Hirsche oder Menschen einfach nur durch Zufall entstanden ist. Das muss sich doch jemand ausgedacht haben – und dieser Jemand ist ganz schön kreativ!

Den Apachen ist das Land unheimlich wichtig, das habe ich heute auch gelernt. Eleni hat mir eine echt wilde Story erzählt, was ihrem Stamm vor vielen Jahren passiert ist. Sie nannte das „den Auszug" ihres Volkes. Echt SCHRECKLICH! Nicht zu fassen, dass man ihre Vorfahren von einem Land vertrieben hat, das schon immer ihnen gehört hatte. **VOLL UNGE-RECHT!!!**

Aber interessant, dass sie das einen „Auszug" nannte ... hmmm ...

ANMERKUNG IN EIGENER SACHE: Eleni und Kay die Geschichte aus der Bibel vom Auszug der Israeliten aus Ägypten erzählen. Obwohl die Ägypter echt obermies zu den Israeliten waren, hat Gott doch die Hand über ihnen gehalten – so wie er auch noch heute über den Apachen wacht!

Ich habe zu Kay gesagt, dass ich es voll verstehen kann, wenn man etwas unfair findet (so wie die Sache mit Josh und Miranda – obwohl das natürlich nichts ist im Vergleich zu dem, was ihren Vorfahren passiert ist). Trotzdem sollen wir Gott vertrauen, dass er es gut mit uns meint. **ABER DAS IST LEICHTER GESAGT ALS GETAN!**

ABER DANN KAM DER HAMMER:
Eleni und Kay haben mir erzählt, dass es im Reservat ein Mädchen mit Namen Tadi gibt, die sich GENAU WIE Miranda aufführt! Sie spielt zwar kein Volleyball, aber sie prahlt pausenlos mit dem, was sie alles Tolles hat. ☹ Eleni hat gemeint, sie erzählt sogar rum, dass die Jungs sie für das hübscheste Mädchen im Reservat halten – UND sie gewinnt fast jeden Tanzwettbewerb beim Powwow.
KRASS!

Wir drei fanden, dass wir WIRKLICH für Tadi und Miranda beten sollten! Papa hat gemeint, wir könnten ruhig auch für uns selber um Geduld beten.

HMMPF … Warum müssen Väter dauernd recht haben?

Mit Eleni und Kay war die FBS echt ein Mordsspaß. Ich habe Mama überredet, dass ich die erste Basteleinheit am Nachmittag organisieren und leiten durfte. Ich gebe es zwar nur ungern zu, aber ich habe dem Virus sogar erlaubt, mein Assistent zu sein. Ja, ohne Witz – er war mein Helfer. **Dieses geröstete Fladenbrot muss mir das Hirn angekokelt haben.**

Als erste Bastelarbeit wollte ich ein Perlenarmband mit einem Kreuz machen. Ich hatte alle möglichen Perlen von zu Hause mitgebracht (Holzperlen, Glasperlen, alles dabei), die ich aufbrauchen musste. Der Virus trug die Perlendose herum und alle Kinder nahmen sich welche heraus. Am Ende der Stunde hatten der Virus und ich allen von Jesus erzählt und dass die Armbänder uns an seine Liebe erinnern sollen. Eleni, Kay und ich haben Armbänder im gleichen Stil gemacht und versprochen, sie jeden Tag zu tragen. DAS WAR SO COOL! Ich habe sogar eins als Mitbringsel für Sophie gemacht.

Ganz klar, dass der Virus eins für sich und eins für Rosie machen musste. **Er übertreibt mal wieder.**

Nachdem wir unsere Armbänder gebastelt hatten, hatte Kay eine Überraschung für uns. Sie ist nach Hause gerannt, was gleich nebenan ist, und hat ein paar ECHTE perlenbestickte Apachen-Sachen angeschleppt! SUPER SCHÖN! Ich habe noch nie so schöne Gürtel, Mokassins und Ledertaschen gesehen. Kay hat schon als kleines Mädchen von ihrer Mutter gelernt, wie man Perlen verarbeitet, denn das ist bei den Apachen ein wichtiges Kunsthandwerk. Ich wünschte, ich könnte solche Armbänder machen! Vielleicht kann Kay es mir ja zwischendurch mal beibringen?

Neben Kays superschönen Sachen sah mein kleines Armband ziemlich mickrig aus.

Besser gesagt, es sah VOLL MICKRIG aus. ☹

Aber Kay hat gemeint, unsere drei Armbänder stehen für etwas viel Wichtigeres: Jesus! ☺☺☺

Zum Abschluss des Tages haben wir ein Lied gesungen, das ich besonders gern mag: „So groß ist der Herr"!

Sophie und ich singen es zu Hause im Gottesdienst immer aus voller Kehle. Doch hier im Reservat kennen das die wenigsten. Aber bis Donnerstag werden sie es kennen, dafür werde ich schon sorgen!!! ☺

„So groß ist der Herr – sing mit mir ..."

HDGDL ...

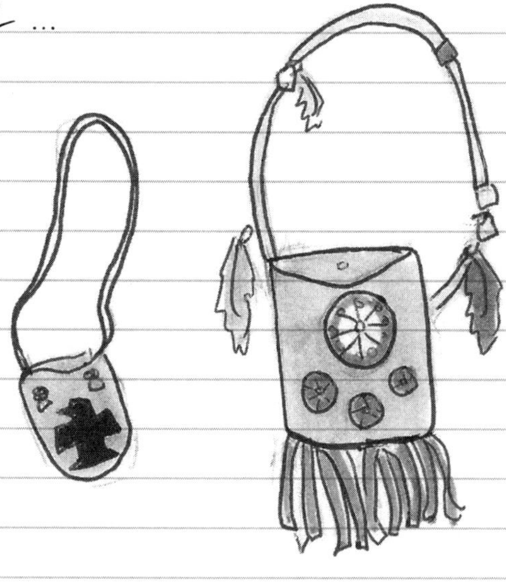

Jetzt sind wir wieder zurück in der Kirche und ich bin SO MÜDE!!

Obwohl die FBS super läuft, versuche ich, die folgenden Dinge NICHT zu tun:

1. Mich nicht dauernd fragen, was wohl meine Freunde zu Hause gerade machen! (Schließlich weiß ich es bereits!)
2. Nicht an den Frühlingsball denken, zu dem ich ja NICHT gehe.
3. Nicht deprimiert sein, dass ich mein wunderschönes Kleid von der **Unique Boutique** zurückgeben muss.

BETEN!
BETEN!
BETEN!

DONNERSTAG, 8. APRIL

Ich habe letzte Nacht nicht geschlafen … KEIN BISSCHEN!!!!!

Fühle mich wie ein wandelnder Zombie, und daran ist der VIRUS schuld! Deshalb bin ich auch um 7.00 Uhr HELLWACH und schreibe in mein Tagebuch!

GRRRRRRRRR …

Warum gibt es keine Maulkörbe für Brüder, die mit ihrem GESCHNARCHE SOGAR DIE TOTEN AUFWECKEN KÖNNEN?

Ich habe ihm ZWEIMAL ein Kissen an den Kopf geschmissen und gedroht, ihm den Mund zuzukleben. OHNE ERFOLG. Sein Geschnarche klang mal wie Darth Vader, mal wie ein Schwein mit Heuschnupfen.

Ich halte das **NICHT MEHR AUS!**

ICH HABE SCHON 3000 MAL UM GEDULD MIT DEM VIRUS GEBETET!

Wo ist Sophie, wenn ich sie brauche? Ich werde ihr eine SMS schicken und sie fragen, was geht. Obwohl ich nicht auf den Ball gehe. ☹ Ich werde aber rechtzeitig zurück sein, um ihr mit ihrer Frisur zu helfen. ☹

Ich: Hallo aus Arizona! Was geht bei dir?

Sophie: Muss gleich zur Schule. ☹ Biotest bei Finkelman. Du kannst mein Zeug haben, wenn du zurück bist. Was geht?

Ich: Muss gleich zur FBS. Echt ziemlich cool. Was gibt's Neues vom Ball?

Sophie: Dreimal darfst du raten. Habe endlich ein Kleid gefunden. D.h. ich habe mir eins geliehen von einer Freundin von Mama. Die hat eine Tochter in meiner Größe. Ich find's schön und es spart Geld. ☺

Ich: COOL! Sieht bestimmt super aus! Hast du mit Matt geredet? Schüchtern, wie der ist, wird er bestimmt nicht mal tanzen. LOL.

Sophie: Schon klar. Wir sind eh bloß Freunde, also keine große Sache. Habe nichts mehr von J und M gehört …

Ich: Versuche, nicht daran zu denken. ☹ Samstag fliegen wir nach Hause. Komme dann so schnell es geht zu dir! Muss los. Die FBS ruft! CIAO!

Ich glaube, ich bekomme langsam ein bisschen Heimweh. Ich bin auch immer noch ein bisschen traurig, dass Sophie auf den Ball geht und ich nicht. Oh, und ganz bestimmt lässt sich Miranda zu Hause gerade die Nägel machen, sucht Ohrringe aus und so was. Vermutlich kommandiert sie Emily rum wie ein Unteroffizier!

Und Josh, der hat bestimmt schon voll vergessen, dass er meine Nase mit einem Volleyball geplättet hat!

Warum DENKE ich überhaupt an DIE BEIDEN?!

Ich gebe es zwar nur ungern zu, aber eigentlich hat Josh mir nie einen Grund gegeben, ihn nicht (als Freund) zu mögen. IM GEGENSATZ ZU Miranda ist er tatsächlich NETT – er meldet sich sogar freiwillig, um die Gebetsrunde im Teenkreis zu leiten. Das fällt manchmal selbst Leuten schwer, die weniger schüchtern sind, aber er macht das echt voll gut. Vielleicht bin ich ja zu hart mit ihm?

Aber mit Miranda bin ich NICHT zu hart! AUF KEINEN FALL.

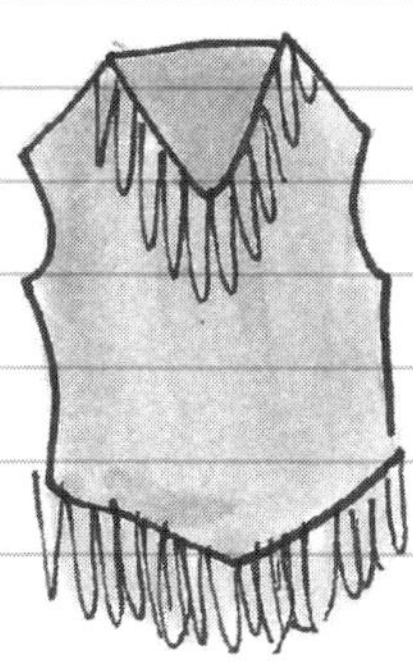

Manchmal verstehe ich nicht, **WARUM** Gott zulässt, dass Miranda so gemein ist, **WARUM** niemand mit mir auf den Ball gehen will und **WARUM** ausgerechnet ich so einen obernervigen Bruder habe?!? Manchmal kapier ich es einfach nicht! Ich hab mit Mama darüber geredet.

Ich: *Es ist einfach UNFAIR. Miranda ist ein voll fieses Mädchen, aber der süßeste Typ aus unserer Klasse will mit ihr auf den Ball gehen. Sie macht sich über meine Klamotten lustig und lacht sogar, wenn mir etwas Schlimmes passiert. Mir reicht's.*

Mama: *Zuallererst solltest du mit Gott darüber reden, Katie. Weißt du noch, in der Bibel, als König David seinen Sohn verloren hat? Oder als es Hiob so schlecht ging? Beide haben Gott gesagt, warum sie wütend waren. Und genau so sollen wir es machen.*

Ich: *Selbst wenn ich es Gott sage, wie soll mir das helfen bei dem Pech, das ich immer habe?*

Mama: *Gott weiß, was das Beste für uns ist, auch wenn wir es nicht immer nachvollziehen können. Vielleicht hat er deine Gebete aus einem bestimmten Grund nicht erhört. Vertrau mir. Und noch wichtiger, vertrau IHM.*

Gleich ist es Zeit für die FBS. Muss den schnarchenden Darth Vader wecken ... **GRRRRR**

... KATIE ...

ES WAR SUPERTOLL HEUTE – obwohl ich viermal eingeschlafen bin!

Als wir heute Morgen zum Reservat kamen, waren viel mehr Kids da als gestern. Es spricht sich langsam rum. ☺

Nach dem Singen hat Mama von Kindern erzählt, die im Osten Russlands, in Sibirien leben. KALT IST GAR KEIN AUSDRUCK!!!

Da gibt es Missionarsfamilien, die mit Hundeschlitten auf die Dörfer fahren! Und sie erzählen den Leuten nicht nur von Jesus, sie leiten auch die einzige Arztpraxis weit und breit. In Sibirien können manche Kinder nur wenige Male im Jahr einen Gottesdienst in einer Kirche besuchen.

Als eingefleischte Modedesignerin habe ich mich natürlich gleich gefragt, was für Wintermäntel die Leute in Sibirien tragen!

ANMERKUNG IN EIGENER SACHE: Einen Wintermantel für Sibirien-Missionare entwerfen!

Der Virus ist völlig durchgedreht, als es um die Hundeschlitten ging. Er hat ohne Ende langweiliges Zeugs über sibirische Huskys von sich gegeben! TYPISCH.

Vielleicht kann ich den Virus ja dazu überreden, mit Rosie nach Sibirien auszuwandern! DAS wäre echt cool! (Spaß! ☺)

Papa hat Johannes 3,16 vorgelesen und gesagt, dass das die zentrale Botschaft der Bibel ist: „Gott hat die Menschen so sehr geliebt, dass er seinen einzigen Sohn hergab. Nun werden alle, die sich auf den Sohn Gottes verlassen, nicht zugrunde gehen, sondern ewig leben." Kay und Eleni sahen ein bisschen verwirrt aus.

Kay: *Das verstehe ich nicht. Wie soll das mit dem ewig leben denn gehen?*

Ich: *Ganz einfach: Nach dem Tod leben wir alle im Himmel mit Jesus weiter.*

Kay: *Hä? Und was ist der Haken an der Sache?*

Ich: Es gibt keinen Haken. ☺ Gott will uns einfach für immer in seiner Nähe haben, weil er ganz verrückt nach uns ist. Lies mal **Jesaja 43,1–2**. Der Herr sagt: „Ich habe dich bei deinem Namen gerufen, du gehörst zu mir. Wenn du durch tiefes Wasser oder reißende Ströme gehen musst – ich bin bei dir, du wirst nicht ertrinken."

Kay: Wow. Davon hatte ich ja keine Ahnung. Kannst du mir noch mehr Sachen zeigen, die Gott gesagt hat?

Die Bastelstunde war heute TOTAL LUSTIG! Der Virus würde wahrscheinlich etwas anderes sagen, aber „zum Schreien komisch" ist genau der richtige Ausdruck.

Ich hätte mir denken können, dass etwas nicht stimmte, als er mit einer Bandana um den Kopf zum Bastelclub erschien ...

Mein durchgeknallter Bruder hat Mama irgendwie dazu überredet, als Bastelarbeit T-Shirts zu batiken. Nichts für ungut, ich LIEBE gebatikte Sachen, aber den Virus in die Nähe von Farbeimern zu lassen ist ein sicheres REZEPT für eine KATASTROPHE.

Während Mama und ich T-Shirts verteilten und den Kindern zeigten, wie man die Gummibänder um die T-Shirts wickelt, beschloss unser Genie von einem Virus, die Sache einmal „auszuprobieren". Und mit AUSPROBIEREN meine ich, dass der Virus sehen wollte, ob die Batikfarbe tatsächlich färbt. Und zwar seine **HAARE!**

ES WAR SOOOO GUT!

Es hat ein paar Minuten gedauert, aber als ich ihn niedergerungen hatte und ihm die Bandana abriss, wäre ich fast gestorben vor Lachen!

SEIN KOPF SAH AUS WIE EIN REGENBOGENEIS!

Alle Kids brüllten vor Lachen! Der Virus rannte ins Haus und hat den Rest des Nachmittags mit Papa verbracht.

Ich kann es selbst kaum glauben, aber der Virus hat mir tatsächlich leidgetan. Vielleicht, weil ich noch genau weiß, wie es mir ging, als Miranda sich über mich lustig gemacht hat. Oder als ich Josh mit dem fetten Brokkoli-Brocken zwischen den Zähnen angelächelt habe.

Ich habe Linus überredet, sich beim Abschlusslied neben mich zu stellen, als wir mit der ganzen Gruppe „So groß ist der Herr" gesungen haben. Dabei habe ich heimlich zu Eleni und Kay geguckt. Sie kennen das ganze Lied jetzt auswendig!

YEAH!!

Wir haben ihnen Bibeln mitgebracht, und heute Morgen habe ich gesehen, wie sie erst darin gelesen und dann das Lied geübt haben. Wenn DAS keine Gebetserhörung ist!

FREITAG, 9. APRIL

Wahnsinn. Die Zeit ist SO schnell VERFLOGEN. Morgen ist schon mein letzter Tag im Reservat. ☹

Nachdem ich so viele Geschichten über Missionare auf der anderen Seite der Welt gehört habe, ganz zu schweigen von den Menschen in unserem eigenen Land, die Jesus noch nicht kennen, kommt mir das ganze Getue um den Schulball ein wenig … na ja … **BEKLOPPT** vor.

Vielleicht habe ich meinen Stress wegen Miranda und Josh ein wenig übertrieben. … Schwamm drüber. Ich helfe lieber Mama bei den Vorbereitungen.

Papas letzter Vortrag handelte von Begabungen. Er sprach über **1. Korinther 12,4–7**: *„So verschieden die Gaben auch sind, die Gott uns gibt, sie stammen alle von ein und demselben Geist. Und so unterschiedlich auch die Aufgaben in der Gemeinde sind, so dienen wir doch alle dem einen Herrn. Es gibt verschiedene Wirkungen des Geistes Gottes; aber in jedem Fall ist es Gott selbst, der alles bewirkt."*

Ich war mir nicht ganz sicher, was das alles bedeuten sollte, und redete mit Papa beim Mittagessen darüber.

Ich: *Kann ja sein, dass Gott uns allen verschiedene Gaben gegeben hat, aber ich habe KEINE AHNUNG, was meine sind. Nicht. Die. Geringste.*

Papa: *Aber natürlich weißt du das. Da fallen mir gleich mehrere ein: Du bist sehr kreativ, du bist eine wunderbare Künstlerin und du hast einen richtig guten Modegeschmack.*

Ich: *Im Ernst? Danke, Papa. Aber das ist ja nicht so richtig nützlich für Gott, oder? Ich meine, wie soll Mode die Welt positiv verändern?*

Papa: *Vielleicht solltest du einfach abwarten und das Gott überlassen. Es kommt auf die Herzenshaltung an. Wir können Gott auf ganz unterschiedliche Arten dienen. Wart's ab, du wirst schon sehen, was dein Weg ist.*

Na toll! Dieses **„Wart's ab"** kann ich echt nicht ab. Für mich klingt das nach „Vergiss es, es passiert eh nichts!" ☹

Aber ich habe jetzt keine Zeit mehr, darüber nachzudenken. Die Kids vom Reservat und die Stammesältesten haben gerade angekündigt, dass sie für uns eine Überraschung beim Mittagessen haben. SPÄTER MEHR!

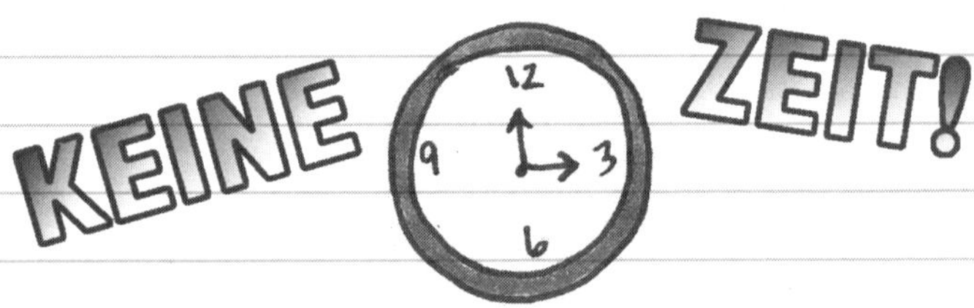

ICH HABE KEINE AHNUNG, WAS ELENI UND KAY AUSGEHECKT HABEN!!!

DAS WAR DER BESTE TAG, DEN ICH JE HATTE!

Nach dem Schlussgottesdienst haben Mama und ich die Utensilien für die perfekte Abschluss-Bastelarbeit zusammengesucht: Bilderrahmen.

In den letzten beiden Tagen hat Papa von allen Fotos gemacht, ohne etwas von Mamas Bilderrahmenüberraschung zu verraten. Mit ein bisschen Hilfe vom Virus und mir hat jedes Kind einen Holzrahmen bemalt und die Ränder mit angemalten Kronkorken verziert. Kay und Eleni sind voll ausgeflippt, als Papa ihnen ein Foto von uns dreien gegeben hat. Kay hat **JESUS = LIEBE** auf ihren Rahmen gepinselt und Eleni hat **BFF** auf ihren geschrieben. Ich habe für mich selbst auch einen gemacht und freu mich schon darauf, das Foto von uns dreien in meinem Zimmer aufzuhängen.

ABER DAS IST NOCH LÄNGST NICHT ALLES: Der Stamm hat an unserem letzten Tag bei ihnen ein kleines Powwow veranstaltet, sozusagen als Jesus-Fest.

Ist das nicht **KULTIG????**

Alle Leute trugen bunte Kostüme. Eleni und Kay sahen in ihren indianischen Lederkleidern wie Prinzessinnen aus. SUPER ELEGANT. Eleni trug eine Truthahnfeder im Haar. SIE SAHEN HAMMER TOLL AUS. Ihre Eltern trugen Hosen und Tuniken aus Büffelleder und um die Hüften wunderschöne perlenbestickte Gürtel.

DOCH. DANN. KAM. DER. HAMMER. Eleni und Kay haben uns aufgefordert, MIT IHNEN zu tanzen!

ICH KONNTE ES NICHT FASSEN!

Eleni band mir einen wunderschönen Ledergürtel mit Federn um die Hüfte und überraschte mich mit einer langen türkisfarbenen Kette. Kays Überraschung für mich waren zwei Perlenarmbänder, die sie mir um die Handgelenke band. Die zu machen hat sicher ewig lange gedauert, weil die Perlen so winzig waren. Kay hat sie mir GESCHENKT! ☺ Sie hat gesagt, damit will sie mir dafür danken, dass ich ihr von Jesus erzählt habe.

Vielleicht entdecke ich ja gerade eine Begabung, die mir Gott mitgegeben hat. ☺ Vielleicht ganz einfach, dass ich anderen von Jesus erzählen kann!

Elenis Papa schenkte meinem Papa eine kleine Trommel und Kays Großmutter schlang Mama einen wunderschönen gewebten Schal um die Schultern.

Einer der Apachen-Jungs gab sogar dem Virus ein Stirnband mit Federn und hatte passend dazu noch ein ganz kleines für Rosie geflochten.

Dann tanzten wir alle zu indianischen Trommeln, hielten uns an den Händen und dankten Gott für seine Liebe. DAS WAR DER BESTE BALL ALLER ZEITEN!

Ich muss das unbedingt Sophie erzählen!

SAMSTAG, 10. APRIL

Es war blöd, sich von allen verabschieden zu müssen, aber wir haben versprochen wiederzukommen. Wenn wir sparen, können wir es uns vielleicht das nächste Mal leisten, länger zu bleiben und mehr Materialien mitzubringen. Wenn ich ganz ehrlich bin, brauche ich eigentlich keine neuen Klamotten und ganz bestimmt auch kein neues Handy. Das kommt mir jetzt voll komisch vor.

Während wir am Flughafen gewartet haben, hat Papa wie wild an seinem Laptop geschrieben. Hoffentlich kommt sein neuer Artikel „Ein Powwow für Jesus" so gut an, dass noch andere Leute das Reservat besuchen. Mama hat sich Notizen gemacht, was man alles verbessern könnte, falls wir nächstes Jahr wiederkommen.

Wer weiß, vielleicht schreibe ich ja noch einen Artikel für die Schülerzeitung. **ICH WERDE MODEDESIGNERIN UND REPORTERIN!**

Es ist allerdings ziemlich schwer, überhaupt über einen Zeitungsartikel NACHZUDENKEN, solange der Virus neben mir im Flugzeug sitzt. Obwohl er beim Filmgucken einen Kopfhörer aufgehabt hat, haben ALLE ihn kichern gehört. Das war voll peinlich ...

„Geht das nicht ein bisschen leiser?", habe ich ihn gefragt. „Es muss ja nicht das ganze Flugzeug hören, dass du „Findet Nemo" lustig findest. Den kennen wir schon!"

Doch er hat mich voll ignoriert und hysterisch losgelacht. Ich muss allerdings zugeben, dass er gerade wirklich den lustigsten Teil guckte. Vielleicht schaue ich ein paar Minuten mit.

SPÄTER MEHR ... Dieser verrückte Fisch, Dorie, bringt mich so was von zum Lachen!

Nachdem wir „*Findet Nemo*" geguckt hatten, bin ich eingeschlafen. Doch ich wurde unsanft wieder geweckt, weil der Virus mich mit seinem Käsefuß gegen das Bein getreten hat. Er MEINTE, er hat im Traum gegen einen Hai kämpfen müssen. Ich war mir nicht sicher, was ich davon halten sollte.

Ich wollte nur noch nach Hause und in MEINEM EIGENEN BETT schlafen, OHNE den Virus auch nur irgendwo in der Nähe!

SPÄTER MEHR … ICH MUSS PENNEN!!!
NACHT!

SONNTAG, 11. APRIL

Ich bin immer noch SO MÜDE vom Flug.

Vielleicht lässt Mama mich ausschlafen ... und den Gottesdienst ausfallen lassen?

Schnarrrrchhhh ...

Sie hat Nein gesagt, war ja klar. „Es ist manchmal schwer, Katie, aber du weißt, dass es das Richtige ist", hat Mama mich ermahnt.

Sie hat ja recht, aber ich war FIX UND ALLE!

Ich habe sogar Papa gefragt, ob ich zu Hause bleiben kann – nur dieses eine Mal. Aber er hat das Gleiche gesagt wie Mama. „Gemeinschaft ist wichtig für uns, Katie. Und bestimmt wollen alle wissen, wie der Missionseinsatz war. Ich werde auch ein paar Bilder zeigen."

Also für mich wäre das nichts, vor der ganzen Gemeinde zu stehen und zu REDEN!

Klar, ich habe auch schon vorne gestanden, aber das ist EWIGKEITEN her, nämlich als ich sieben war. Da musste ich einen Hirten in einem Krippenspiel spielen. Der Jugendreferent hatte nicht genug Jungs für die Rollen und da hat Mama mich vorgeschoben. ☹ Ich hatte allerdings das schickste Outfit, das je ein Hirte angehabt hat. ☺

Dann gehe ich wohl besser zum Gottesdienst und unterstütze Papa. Ich habe mich sowieso schon darauf gefreut, Sophie zu sehen und zu hören, was alles in der Schule passiert ist. Vermutlich wartet schon ein Berg Hausaufgaben auf mich. ☹ Bloß gut, dass Sophie versprochen hat, mir zu helfen, vor allem mit Mathe und Bio.

Plötzlich habe ich mich gefragt, was Kay und Eleni jetzt wohl gerade machen. Vielleicht schreibe ich ihnen nachher noch einen Brief …

MUSS LOS! TTYL!!

Papa hat seine Sache gut gemacht! Er hat sogar ein kurzes Video zusammengestellt. Allerdings hätte er den Teil ruhig weglassen können, wo meine Haare absolut furchtbar aussahen. Aber der Virus mit seinen Regenbogenhaaren war zum Schießen! LOL! Die ganze Gemeinde hat gekichert. Man hat auch gemerkt, dass die Leute von den Bildern vom Powwow beeindruckt waren und von der Stelle, wo ich mit Eleni und Kay bete.

Unser Pastor hat dann davon geredet, wie wichtig es ist, anderen von Jesus zu erzählen. Er meinte, wir könnten unsere Freunde ja einfach mal zum Gottesdienst einladen. Nur dass die meisten meiner Freunde schon Christen sind ... und Miranda einladen, das geht gar nicht. Sie würde vermutlich eh nur sagen: „Danke, aber NEIN DANKE" und mich auslachen.

Ich frage mich, was Miranda über Jesus weiß ... ihr Verhalten ist auf jeden Fall überhaupt nicht christlich! Sonst würde sie nicht so angeben, was für einen Megajob ihr Papa hat oder mit dem neuen Auto ihrer Mama protzen. Als Papa für Mama letzten Monat ein Auto gekauft hat, habe ich damit doch auch nicht in der Schule rumgeprahlt. Das ist voll uncool. Aber ich bin Gott schon dankbar, dass wir als Familie so ein sicheres Auto fahren dürfen – besonders wenn die Straßen glatt sind und Mama ein bisschen Panik bekommt.

Na ja. Vermutlich benehme ich mich auch nicht immer so besonders christlich – wenn ich zum Beispiel den Virus anbrülle oder wenn ich rumjammere, weil Mama mir kein neues Handy kauft ...

ANMERKUNG IN EIGENER SACHE:

1. Um den Mut beten, Miranda zum Gottesdienst einzuladen.
2. VERSUCHEN, netter zum VIRUS zu sein.

MONTAG, 12. APRIL

Obwohl es bei den Apachen echt cool war und ich Kay und Eleni voll vermisse, war es gut, wieder mit meinen alten Freunden zusammen zu sein. Matt hat mir jede Menge Fragen über die Indianer gestellt, und Sophie hat jedem das Armband gezeigt, das ich ihr geschenkt habe. Tyler hat nicht viel gesagt. Vielleicht fühlt er sich immer noch ein bisschen fremd oder so.

Klar, dass Miranda NICHT DIE BOHNE interessiert war – nicht, wenn es um mich geht.

Sie hat einzig und allein über DEN BALL geredet. Ich musste mir anhören, wie sie Emily von ihrem Termin für eine Maniküre/Pediküre erzählt hat, von dem Lipgloss, den sie gefunden hat, der perfekt zu ihrem Kleid passt, und von dem perfekten Foto, damit sie ihrer Stylistin zeigen kann, wie sie ihr Haar gemacht haben will. DEIN ERNST?

Ich habe versucht, mich daran zu erinnern, wie ich die Dinge in Arizona gesehen hatte.

ES. IST. NUR. EIN. BALL.

Natürlich wünsche ich mir immer noch, dass mich jemand einlädt, aber ich weiß, dass es kein Weltuntergang ist, falls nicht. Sophie hat wieder versucht, mich zum Hingehen zu überreden. Ich könnte mich mit ihr und Matt treffen … aber das wäre irgendwie voll peinlich.

Tyler weiß auch noch nicht, ob er hingeht, und er hat gemeint, der Ball wäre ihm nicht so wichtig. Schließlich ist er neu an unserer Schule und kennt noch nicht so viele Leute. Ich habe gehört, wie er gewitzelt hat, dass Matt und Josh auch wirklich tanzen müssen und nicht bloß wie Statuen herumstehen dürfen. LOL!

Es wäre schon irgendwie cool zu sehen, wie sich alle aufgestylt haben. Aber ich weiß nicht, ob ich den Mumm habe, alleine hinzugehen. Ich habe tonnenweise Hausaufgaben nachzuarbeiten. Das könnte meine Ausrede sein, warum ich nicht gehe.

Doch als Sophie nach der Schule zu mir kam, um mir zu helfen, das Verpasste nachzuholen, hielt sie das für eine lahme Ausrede. „Komm schon, Katie“, sagte meine BFF. „Wir treffen uns einfach alle in der Turnhalle und hängen zusammen ab. Miranda ist sowieso die Einzige, die das ein Date nennt, und wen juckt schon, was die denkt? Außerdem hast du doch schon dieses super tolle Claire-Hunter-Kleid.“

Da hat Sophie recht. Ich habe es noch gar nicht über mich gebracht, mir das Kleid in meinem Schrank anzusehen. Das wird mich nur wieder traurig machen. Ich will es Mama geben, damit sie es zur **Unique Boutique** zurückbringt.

Um mich abzulenken, habe ich mein Skizzenbuch vorgeholt und gezeichnet … IRGENDWAS. Vielleicht entwerfe ich etwas für Kay und Eleni. Vielleicht auch eine neue Tasche? Oder einen Rock?

Aber ich war nicht in der Stimmung zum Zeichnen. Vielleicht bin ich doch nicht zur Modedesignerin geboren.

Vielleicht hatte Miranda ja die ganze Zeit recht.

DIENSTAG, 13. APRIL

Wenigstens hatte ich heute Kunst.

Ich hatte Mrs Gibson seit meiner Rückkehr noch gar nicht gesehen. Bestimmt hat sie alle Hände voll zu tun mit den Vorbereitungen für die Kunstausstellung nächsten Montag. Ich war voll nervös und habe Mrs Gibson sogar angefleht, uns einen minikleinen Tipp zu geben, wer der Gewinner ist. Ihre Antwort war: „*Lasst euch überraschen.*" Ja, nee, ist klar.

Ich hoffe immer noch, dass ich bald umschalten und wieder in Zeichenlaune kommen kann.

WAS IST NUR LOS MIT MIR?

Wir haben das Anmischen von Farbtönen geübt, aber die einzige Farbe, die ich mischen wollte, war grau. Oder schwarz. Ich habe mich heute nicht sehr bunt gefühlt. Mrs Gibson hat mir angemerkt, dass etwas nicht stimmte.

„Geht es dir gut, Katie?", hat sie gefragt. *„Ich freue mich schon darauf, von deinem Einsatz in Arizona zu hören. Bestimmt hast du viele Sachen gesehen, die dich bei deinen neuen Modeentwürfen inspirieren werden."*

„Vielleicht", habe ich gesagt. „Im Moment bin ich irgendwie nicht in der Stimmung."

Dann hat Mrs Gibson etwas Obermerkwürdiges gemacht. Sie hat etwas auf einen Zettel geschrieben und ihn auf meinen Tisch gelegt:

Mrs Gibson kennt mich so gut!

Dann ist sie weiter zu Sophie gegangen, um ihr zu helfen, Gelb und Rot im richtigen Verhältnis zu mischen, damit ihre Lieblingsfarbe dabei herauskommt.

Am Ende der Stunde bin ich vor Mrs Gibsons Pult stehen geblieben. *„Danke für den Bibelvers“*, habe ich gesagt. *„Ich werde ihn zu Hause gleich nachschlagen. Oh, und Sie haben recht wegen dem Ball. Sophie will mich überreden, mit ihr hinzugehen, aber ich weiß noch nicht.“*

Mrs Gibson weiß irgendwie immer, was zu tun und zu sagen ist. *„Ich kann mich noch gut an ein paar Bälle während meiner Schulzeit erinnern“*, sagte sie.

„Oft bin ich einfach mit ein paar Freundinnen hingegangen, und wir hatten richtig viel Spaß. Ich war nicht nervös und hatte keine Angst, etwas Falsches zu sagen. Ich war mit Freunden zusammen, die mich genau so mochten, wie ich war."

Da hatte Mrs Gibson nicht unrecht. Ich sah, dass Sophie im Flur auf mich wartete.

„Ich werde darüber nachdenken, Mrs Gibson", sagte ich. „Sie sind die Beste." Ich habe sie sogar umarmt. Mir war es egal, ob jemand zusah.

Danach hatten wir Sport, und da sahen Sophie und ich das ABSOLUT ALLERMERKWÜRDIGSTE: Miranda kam zu spät, und man sah ihr an, dass sie geweint hatte.

HÄ? 

Bestimmt ging es um irgendetwas Lächerliches. Sie war vermutlich aufgelöst, weil sie nicht den perfekten Nagellack für den großen Ball finden konnte. Oder vielleicht stresste es sie, dass sie nicht mit einer Limousine vorfahren konnte!

AAARRRGGH.

Es ist nicht leicht, Mitleid mit Miranda zu haben, wenn sie selbst NIE Mitleid mit IRGENDJEMANDEM hat.

Sophie fiel auf, dass Miranda mehrmals auf die Toilette verschwand. Meistens ist Emily direkt hinterhergegangen.

Was ist denn da los?

Ich habe Tyler gefragt, ob er eine Ahnung hat, was mit Miranda ist, aber er wusste von nichts. Aaaaber er benahm sich irgendwie seltsam, als ich auf den Ball zu sprechen kam.

Strange ...

Ich wollte nur noch nach Hause und nicht mehr an die Schule denken ... ODER DEN BALL. Nicht an Miranda, nicht an Emily oder Tyler oder **IRGENDJEMANDEN**.

Na ja. Ausgenommen Sophie ... und Mrs Gibson. Ich zog ihre Notiz hervor und schlug den Bibelvers auf:

5. Mose 31,6: *„Seid mutig und stark! Habt keine Angst, und lasst euch nicht von ihnen einschüchtern! Der Herr, euer Gott, geht mit euch. Er hält immer zu euch und lässt euch nicht im Stich!"*

Als ich diesen Vers las, ging es mir gleich viel besser. Ich war mir immer noch unsicher wegen dem Ball, aber ich wusste, dass ich mit Gott darüber reden konnte. Seltsamerweise war mir sogar danach, ein paar neue Entwürfe zu zeichnen.

JA! KATIE KONRAD, DIE FASHION-DIVA, MELDET SICH ZURÜCK!

MITTWOCH, 14. APRIL

MERKWÜRDIGER MITTWOCH!!!!!

Kaum war ich in der Schule, da zog mich Sophie auch schon am Arm auf die Mädchentoilette.

Sophie: *Du wirst es NICHT glauben!*

Ich: *Hä? Was ist los? Nun sag schon!*

Sophie: *Okay, pass auf – MIRANDA GEHT NICHT AUF DEN BALL! Emily hat es Tyler erzählt, Tyler hat es Matt erzählt, und Matt hat es mir erzählt. Ist das zu FASSEN?*

Ich: *WARUM? Hat Josh seine Meinung geändert?*

Sophie: *WER WEIß? Er hat mir nichts weiter erzählt. Am Ende des Tages wissen wir hoffentlich mehr.*

Ich: *Vielleicht checkt ja langsam die ganze Schule, wie Miranda und Emily WIRKLICH sind. Vielleicht kapieren alle allmählich, wie GEMEIN die beiden wirklich sind!*

UND. DANN. IST. ES. PASSIERT.

Emily kam aus einer der Toilettenkabinen raus. **ICH. WAR. SPRACHLOS.** Ich hatte ja KEINE AHNUNG gehabt, dass sie die ganze Zeit da drin gewesen war.

„Oh, äh, hi, Emily …“, sagte Sophie. „Sorry, wir–“

Emily hat uns so böse angesehen wie noch nie und NICHTS gesagt. Sie ist einfach aus der Toilette gestürmt und den Flur hinuntermarschiert. Jede Wette, sie hat Miranda gesucht.

Wir waren ERLEDIGT. Miranda würde Sophie und mich total fertigmachen, sobald wir in die Klasse kamen.

Aber ich habe mich trotzdem noch gefragt, warum sie nicht auf den Ball ging. **WAS WAR DA LOS?**

Das könnte meine große Chance sein, mit Josh zu gehen, oder nicht?

Warum ging Miranda nicht hin? SELTSAM. Vielleicht ließ sie Josh fallen und ging mit jemand anderem? Das wäre typisch für sie.

Doch als wir ins Klassenzimmer kamen, war Miranda nicht da. Es läutete zum zweiten Mal, aber sie tauchte nicht auf. Miranda war den ganzen Tag nicht da.

SELTSAM HOCH ZWEI.

Und Josh hatte schlechte Laune. Insgeheim habe ich noch gehofft, dass er mich VIELLEICHT zum Ball auffordern würde.

Pustekuchen. ☹

Er hing den ganzen Tag nur mit Tyler herum und hat kein Wort über den Ball verloren. Natürlich hatte ich nicht den Mumm, ihn zu fragen, was los ist. Und Sophie auch nicht.

Jetzt gehen nur noch zwei meiner Freunde auf den Ball, und zwar Sophie und Matt. NICHT Miranda, NICHT Josh … und ICH AUCH NICHT!!!

VERRÜCKTER GEHT ES NICHT.

Doch es wurde noch verrückter, als wir nach der Schule zu Sophie nach Hause kamen. Ich war mit zu ihr gegangen, um ihr zu helfen, den perfekten Schmuck und die perfekten Schuhe auszusuchen. Doch wir waren kaum durch die Tür, als Sophie eine SMS bekam.

Eine SMS von EMILY!!!!!!! HÄ? Warum sollte Emily meiner besten Freundin simsen?

Ich war mir ganz sicher, dass sie uns zusammenstauchen wollte, weil wir heute Morgen auf der Toilette über sie und Miranda geredet hatten. Aber ich hatte mich geirrt. Ich fass es nicht: Emily hat uns gebeten, für Miranda zu BETEN.

Stopp. Was geht hier ab???

Miranda geht nicht auf den Ball, weil ihr Papa SEINEN JOB VERLOREN HAT. Ihre Eltern haben sich in den letzten Wochen viel gestritten und Miranda ist TOTAL FERTIG. Deshalb ist sie heute nicht zur Schule gekommen. Sie hat beide Kleider zurückgebracht, Josh gesagt, dass sie nicht auf den Ball gehen kann, und sie schämt sich, das irgendjemandem zu erzählen. Außer Emily.

WOW. Ich hatte ja keine Ahnung.

Also haben Sophie und ich für Miranda gebetet. Ja, genau – ICH HABE FÜR DAS FIESESTE MÄDCHEN AUF DER SCHULE GEBETET. Ich musste an Tadi denken – die Freundin von Eleni und Kay vom Reservat. Vielleicht hat sie ähnliche Probleme wie Miranda.

DAS WAR DER
MERKWÜRDIGSTE TAG ÜBERHAUPT.

Gebetsliste:

1. Miranda (Ich kann nicht glauben, dass ich das gerade geschrieben habe.)
2. Mrs Gibson (Ich bin so froh, dass sie meine Lehrerin ist!)

DONNERSTAG, 15. APRIL

Miranda war heute in der Schule.

ALLEN fiel auf, dass sie sich nicht wie die typische Miranda Maroni aufführte. Sie verlor kein Wort über den Ball, und sie prahlte auch nicht mit ihren Sachen. Sie hielt sich einfach an Emily und blieb ansonsten für sich.

Obwohl ich froh sein sollte, dass Miranda mal nicht rumnervte, war ich nicht glücklich.

Sie tat mir leid. Ich habe KEINE AHNUNG wieso, aber so war es. Vielleicht lag es daran, dass ich mir vorgestellt habe, wie ich mich fühlen würde, wenn mein Papa arbeitslos wäre. Oder wenn meine Eltern sich dauernd streiten würden. Das fände ich VOLL SCHLIMM. Viel schlimmer als den Virus und Rosie!

Alle anderen, auch Rektor Martin und die Lehrer, wurden langsam kribbelig wegen dem Ball. Wir konnten für Sport nicht mal in die Turnhalle, weil die Deko TOP SECRET war.

Immerhin ersparten wir uns so das Rundenrennen. Ja!!!!

Als ich von der Schule nach Hause kam, musste ich immer noch an Miranda denken. Ich musste dringend mein Zimmer aufräumen, das sah aus wie Hund. Ich hatte immer noch nicht alles von unserem Trip nach Arizona ausgepackt und die Klamotten lagen überall verstreut.

Als ich nach und nach alles aufsammelte und in den Schrank räumte, fiel mein Blick auf das Claire-Hunter-Kleid. Es war immer noch das ZAUBERHAFTESTE Kleid, das ich je gesehen hatte. Ich hatte Mama noch nicht gebeten, es zur **Unique Boutique** zurückzubringen. Ich überlegte immer noch, ob ich es nicht zum Ball tragen soll ... auch ohne Partner.

Doch nachdem ich das von Miranda gehört hatte, wusste ich irgendwie, was ich zu tun hatte. Ich redete mit Sophie und sie war absolut meiner Meinung. Jetzt musste ich nur noch Mama und Papa davon überzeugen. Sobald Mama von der Arbeit nach Hause kam, fing ich sie und Papa ab.

Ich: *Hey, äh, ich möchte mit euch beiden über was reden. Darf ich das türkise Kleid von der* **Unique Boutique** *behalten, auch wenn ich nicht auf den Ball gehe?*

Papa: *Was? Katie, das Kleid war teuer!*

Mama: *Du hast doch sogar etwas von deinem Taschengeld dazugelegt. Wenn du nicht auf den Ball gehst, warum gibst du das Kleid dann nicht zurück?*

Ich: *Na ja ... ich würde es gerne Miranda geben. Ihr Papa hat seinen Job verloren und sie musste ihr Kleid zurückgeben. Und jetzt ist ihr das Ganze so peinlich, dass sie nicht auf den Ball gehen will.*

Mama: *Wow. Das ist wirklich nett von dir, Katharina. Weißt du noch, wie deine Freundinnen aus Arizona dir erzählt haben, was ihre Namen bedeuten?*

Hast du gewusst, dass ich deinen Namen wegen seiner Bedeutung „reinen Herzens" ausgesucht habe? Mir scheint, dass er wunderbar zu dir passt.

Ich: *Danke, Mama. Aber sie soll nicht erfahren, dass das Kleid von mir ist. Das wäre ihr bestimmt noch peinlicher. Besser, sie weiß es nicht.*

Papa: *Ich bin wirklich beeindruckt, Schatz. Ich glaube, ich kenne da jemanden, der langsam erwachsen wird.*

Mama: *Mich interessiert aber eins: Wie willst du das Kleid zu Miranda schaffen, ohne dass sie erfährt, dass es von dir ist?*

Ich: *Sophie und ich haben uns schon was ausgedacht. Wir sind nämlich Profis in Sachen*

OPERATION FRÜHLINGSBALL!

Von einem
Freund

FREITAG, 16. APRIL

Wieder einmal konnte ich wegen dem Virus nicht schlafen. Obwohl wir schon sechs Tage zu Hause sind, hat er genauso schlimm geschnarcht wie im Reservat. Wenigstens diesmal in seinem eigenen Zimmer. ABER. ICH. HÖRE. IHN. TROTZDEM.

Ich: *Hey, da drüben! Du schnarchst wie eines dieser verrückten Viecher aus „Planet der Tiere"! Mach mal Feierabend!*

Virus: *Also, Rosie stört es nicht, dann sollte es dich auch nicht stören!*

Ich: *Soll das heißen, du vergleichst mich mit einem STINKTIER? Du machst wohl WITZE?!?*

Ich wollte so schnell wie möglich zur Schule und Sophie sehen. Wir waren auch gespannt auf Miranda und Emily und wie das alles weitergehen würde.

Sieh einer an: Emily hat es Josh erzählt, Josh hat es Tyler erzählt und Tyler hat es mir erzählt: Miranda geht jetzt doch auf den Ball.

WER HÄTTE DAS GEDACHT?!? ☺

Miranda hat kein Wort darüber verloren, warum der Ball jetzt plötzlich wieder angesagt ist, aber das ist okay. Sophie und ich kennen ja den Grund, das reicht.

Dann passierte etwas, mit dem ich ECHT SO WAS VON NICHT gerechnet hätte. Am Ende des Tages, als ich gerade meine Bücher zurück in den Spind räumte, ist Tyler angekommen und hat mich angesprochen.

SELTSAM.
SELTSAM.
SELTSAM.

Tyler: Äh, hi, Katie. Ich habe dich noch gar nicht nach deinem Trip gefragt. War es cool da draußen?

Ich: Hi, Tyler. Ja, äh, war top.

Tyler: Ich habe versucht, dir vor deiner Abreise eine Nachricht über WhatsApp zu schicken, aber irgendwie hat das nicht funktioniert.

Ich: Oh, na ja, ich hab kein Smartphone, deshalb wahrscheinlich … was wolltest du denn? Ich schätze, das hat sich jetzt erledigt, aber–

Tyler: Nein, äh … ich … also, ich … dachte … ich wollte dich fragen, ob du heute Abend auf den Ball gehst?

Ich: Ich weiß nicht … Ich habe nicht mal ein Kleid.

Tyler: Oh … okay … also, wenn du deine Meinung änderst … vielleicht könnten wir uns an der Turnhalle treffen oder so? Ich gehe mit Matt hin.

Ich: *Hmmm ... okay ... vielleicht – also, okay, ich gehe hin. Sophie und ich treffen euch dann dort. Aber bloß als Freunde, richtig?*

Tyler: *Logo. Bis heute Abend!!!!*

ACH DU SCHANDE!!!!!!!

Ich bin nach Hause geschwebt und habe Sophie angerufen. Zum Chatten hatte ich keine Zeit. Ich musste SOFORT mit ihr reden!

Ich (voll aufgeregt): *Sophie, DU MUSST UNBEDINGT RÜBERKOMMEN ... UND ZWAR SOFORT!!!!! ICH GEHE AUF DEN BALL!!!!!*

Sophie: *HAB ICH SCHON GEHÖRT! Tyler hat es Matt geschrieben und Matt hat es mir erzählt. SUPERCOOL! Es gibt nur ein klitzekleines Problem – WAS WIRST DU ANZIEHEN?*

Ich: *ACH NEE! Was glaubst du wohl, warum ich will, dass du rüberkommst? Oh, und ich weiß, das klingt vielleicht verrückt, aber vielleicht kannst du Emily texten und fragen, ob sie sich heute Abend mit uns treffen will? Vielleicht geht es ihr ja mit dem Ball genau wie mir.*

Sophie: *GUTE IDEE! Es ist einen Versuch wert, aber ich gehe keine Wette darauf ein. Ich schicke ihr eine SMS auf dem Weg zu dir. Bin in FÜNF Minuten da!*

Sophie rauschte zur Tür herein, und Mama wollte wissen, was die ganze Aufregung sollte. Als ich ihr erzählt habe, dass Tyler mich in der Schule angesprochen hat, fand sie es gut, dass ich Ja gesagt habe.

Sie sagte: „Du hast doch bestimmt irgendwas in deinem Schrank, was du anziehen kannst. Schließlich bist du meine kleine Modedesignerin."

IN DEM MOMENT FIEL MIR MEIN TRÈS-CHIC-KLEID EIN!!! Es war noch nicht perfekt, aber ich hatte es immerhin schon mal fertig gesäumt, ehe ich nach Arizona aufbrach.

JA! JA!! JA!!!

Ich eilte in mein Zimmer und riss den Schrank auf. DAS SCHLIMME WAR NUR: ICH. KONNTE. DAS. KLEID. NICHT. FINDEN.

ES

WAR

WEG. ☹☹☹

Vielleicht war es vom Bügel gerutscht? Ich schaute auf dem Schrankboden nach, unter meinem Bett und in dem Haufen mit Schmutzwäsche. Aber es war nirgends zu sehen.

Es gab nur eine Erklärung: Dieses verrückte Stinktier hatte mein Kleid gestohlen! Ich hatte schon immer GEWUSST, dass Stinkbombe Rosie nichts als Ärger machte! Dabei war ich mir hundert pro sicher!

Ich marschierte ins Zimmer vom Virus und begann überall zu suchen: unter seinem Bett, in seinem Schrank und sogar in Rosies albernem kleinen Schlafhäuschen. Aber ich fand nicht mal eine einzelne Paillette.

Ich (wütend): *Wo hast du mein Kleid? Ich weiß, du oder Rosie, einer von euch hat es!*

Widerlicher Virus: *Ich habe dein blödes Kleid nicht! Und Rosie auch nicht! Was soll sie mit deinem albernen Kleid? Häh? Sie hat FELL – UND sie hat zufällig einen ausgezeichneten Geschmack!*

MIST!!!! Wie kann sich ein Kleid einfach IN LUFT AUFLÖSEN? Wo hatte ich es hingetan? Ich bin total ausgeflippt. Endlich hatte ich beschlossen, auf den Ball zu gehen, und jetzt würde ich dann wohl im Schlafanzug gehen müssen.

Zum Glück ist Sophie unter Stress richtig gut. Sie hatte eine Idee: Die Nähmaschine anwerfen und ein K.K.O.-Kleid zaubern!

Mama gab ihr recht.

WAREN DIE VERRÜCKT GEWORDEN?
Ein Kleid nähen, jetzt noch auf die Schnelle?

Mama meinte, ich könnte doch bei dem Vintage-Kleid aus dem Second-Hand-Laden die Änderungen machen, die ich mir überlegt hatte.

Mit Mamas und Sophies Hilfe begann ich mit dem Zuschneiden und Nähen. Ich war echt froh über meine schnelle neue Nähmaschine! Mama bügelte und Sophie reichte mir die Pailletten.

Sophie erinnerte mich immer wieder an **Philipper 4,13**: *„Alles kann ich durch Christus, der mir Kraft und Stärke gibt.“*

Dann musste sie nach Hause flitzen, um sich selber fertig zu machen! Ich weiß nicht, was ich ohne meine BFF tun würde.

Später mehr.
WENN ICH ÜBERLEBE!!!!

SAMSTAG, 17. APRIL

DER BALL WAR GENIAL!!!!

Und das ging ab:

Matt und Tyler warteten draußen vor der Turnhalle auf Sophie und mich. Sophie sah echt toll aus in ihrem Kleid. Koralle ist definitiv ihre Farbe. Und ich hatte es tatsächlich gerade noch geschafft, mein K.K.O.-Kleid fertig zu kriegen!

Ich musste Nadel und Faden mit ins Auto nehmen und nähte gerade die letzte Paillette unten an den Rock, als Mama auf den Parkplatz bog, um mich abzusetzen. PUH!

Die schwarzen Pailletten verliehen dem Kleid echt ein gewisses Funkeln, obwohl ich Rosie die letzten paar abjagen musste. Sie war wie eine Verrückte durchs Haus gerannt und hatte das Päckchen mit den Pailletten vollgesabbert. Als der Virus sie endlich eingefangen hatte, hat sie mehr geglitzert als mein Kleid.

Ich trug an jedem Handgelenk eines der Perlen-armbänder von Kay und das waren die PERFEKTEN Accessoires!

Ich war mir sicher, dass Miranda sich schief und krumm lachen würde, wenn sie mein selbstgenähtes Kleid sah.

Aber das tat sie nicht.

Und es wäre mir auch schnuppe gewesen.

Sie war sowieso viel zu sehr mit Josh beschäftigt, um mich überhaupt zu bemerken. TYPISCH MIRANDA. Aber ich muss zugeben: Mein türkises Kleid stand ihr gut.

Katie: Hi, Miranda! Super Kleid.

Miranda: Oh, danke, Katie. Ich finde es auch toll! Türkis ist VOLL meine Farbe, nicht? Als ich es im Schaufenster gesehen habe, MUSSTE ich es einfach haben! Zum Glück hatte der Laden es noch genau in meiner Größe!

Katie: WAS? Oh … äh … ja, du siehst klasse aus. Wir seh'n uns.

Ich konnte es nicht fassen! Miranda HATTE GELOGEN! Wie KONNTE sie? AAARRRGH. Ich hätte ihr das SO gerne unter die Nase gerieben.

Aber ich habe es bleiben lassen. Ich habe mich gefragt, wie sich wohl Jesus verhalten hätte, und wusste bereits die Antwort: Er hätte nichts gesagt. Also hielt ich die Klappe.

ABER DAS WAR SO HART.

Ich versuchte, die Sache zu vergessen und einfach Spaß mit Matt, Sophie und Tyler zu haben. Josh war sogar so nett, rüberzukommen und mir zu sagen, dass ihm mein Kleid gefiel!

Zu dumm nur, dass er wusste, dass ich es selbst genäht hatte. Sophie fand das so toll, dass sie es Matt erzählt hat, Matt hat es Tyler erzählt und Tyler hat es Josh erzählt.

MANNO!!!!

Aber ich habe versucht, an das zu denken, was Papa im Reservat gesagt hat – dass ich meine Talente ausbauen und zeigen soll, wie das Nähen und Zeichnen. Schließlich hat Gott sie mir gegeben!

Ich habe sogar versucht, mich für Miranda zu freuen, als sie zur Ballkönigin gekrönt wurde. WAR JA KLAR – schließlich ist sie MIRANDA MARONI, das beliebteste Mädchen der Mittelstufe.

Das ging also ab, und jetzt MUSS ICH SCHLAFEN! Sich stylen und auf einen Ball gehen ist MEGA ANSTRENGEND!

TTYL!

SONNTAG, 18. APRIL

Obwohl der Ball supercool war, bin ich froh, dass er vorbei ist. Ich habe mich ja wegen dem Ding so was von verrückt gemacht!

Als ich zum Gottesdienst kam, sahen Josh, Tyler und Sophie auch noch ganz schön fertig aus. Josh gab sogar zu, dass er auf dem Ball lieber mit uns abgehangen hätte. Ich habe mich gefragt, ob das bedeutete, dass er lieber mit *mir* hingegangen wäre, aber ich habe versucht, nicht darüber nachzudenken. Er hat gesagt, dass Miranda die ganze Zeit nur über ihr Kleid, ihre Haare, ihre Schuhe und so weiter und so weiter reden wollte.

Sophie und ich konnten uns ein Grinsen nicht verkneifen. Wir kannten die wahre Geschichte und die wahre Miranda.

Ehe wir nach Hause gingen, haben wir beschlossen, nächstes Jahr ALLE ZUSAMMEN als GRUPPE hinzugehen, dann braucht sich niemand mehr den Kopf zu zerbrechen, ob sie eingeladen wird ODER wen er einladen soll. GOTT SEI DANK. Das wird die Sache ERHEBLICH vereinfachen!

Nach dem Gottesdienst nahm ich mir vor, Eleni und Kay einen Brief zu schreiben und ihnen ein Foto von mir vom Ball zu schicken, auf dem ich ihre Armbänder trage. Und dazu will ich ihnen beiden etwas hübsches Selbstgemachtes schicken. Da ich mein Zimmer aufgeräumt habe und meine Nähmaschine wieder zu sehen ist, will ich den Rest des Tages damit verbringen, zwei Gürtel zu entwerfen.

Vielleicht können sie die bei ihrem nächsten Powwow tragen!

JEDE MENGE DESIGNERARBEIT! ☺☺☺

Gebetsliste:

1. Gott danken, dass er mir so viele tolle Freunde schenkt, die mich verstehen.
2. Ihm danken, dass wir alle so viel Spaß auf dem Ball hatten!!

MONTAG, 19. APRIL

HEUTE WAR DER GROẞE TAG: DER KUNST-WETTBEWERB.

Doch alle wollten nur vom Ball reden.

Manche hatte sich Fotos ausgedruckt und an ihre Spinde gehängt. Als ich mir die superlustigen Fotos von mir und meinen Freunden ansah, wie wir herumgealbert haben, war ich plötzlich total dankbar. Mein ganzes Getue vorher war VOLL überzogen gewesen.

Ich wünschte, Emily wäre auch zum Ball gekommen, aber sie hat sich nicht blicken lassen. Vielleicht können wir sie ja für den nächsten Ball überreden. Ein bisschen Mut braucht man dafür nämlich schon.

Heute hing sie aber wieder mal nur an Mirandas Lippen, die von NICHTS ANDEREM als dem Ball redete und davon, wie sie zur Ballkönigin gekrönt worden war. Miranda hat die Tiara sogar IN DIE SCHULE angezogen. AAAARRRGH! Manche Dinge ändern sich nie.

Ich aber konnte die ganze Zeit nur an meine Skizze von dem Très-chic-Kleid denken. Was, wenn die Jury die total DANEBEN gefunden hatte? Ich hatte so hart daran gearbeitet, aber jeder hat nun mal einen anderen Modegeschmack. Siehe Miranda. ☹

Nach dem Mittagessen sollten sich alle in der Turnhalle zur Preisverleihung versammeln. ICH WAR SO WAS VON NERVÖS!

Sophie schien genauso aufgeregt zu sein wie ich. Sie hatte sich für Fotografie entschieden und eine Collage mit verschiedenen Cupcake-Fotos eingereicht. Das sah zum Anbeißen aus.

Doch als ich die Turnhalle betrat, sah ich sofort das absolut TOLLSTE, FANTASTISCHSTE, UNGLAUBLICHSTE ÜBERHAUPT:

DA HING MEIN ECHTES TRÈS-CHIC-KLEID ... AUF EINER KLEIDERPUPPE!!!

HÄ? WIE WAR ES DENN DA HINGEKOMMEN?

Und das ist noch nicht alles: **MEIN KLEID HAT DEN ERSTEN PLATZ GEMACHT!!!!!!!**

ICH WAR ÜBERGLÜCKLICH!! ... UND SCHWER VERWIRRT.

Mrs Gibson und Sophie grinsten von einem Ohr zum anderen.

„Herzlichen Glückwunsch, Katie Konrad", sagte Mrs Gibson und umarmte mich. „Ich wusste, dass du das Zeug dazu hast. Das ist ein Meisterwerk. Van Gogh wäre stolz auf dich."

„Aber wie sind Sie an mein Kleid gekommen? Wie?" Ich war total happy, verstand das aber alles immer noch nicht.

Sophie schon. „Weißt du noch, wie ich euch versprochen habe, Rosie zu versorgen, während ihr in Arizona seid? Da bin ich heimlich an deinen Kleiderschrank gegangen und habe dein Kleid bei Mrs Gibson eingereicht. Ich wusste, dass es gewinnen würde, und ich habe recht gehabt!"

Da musste ich einfach ein bisschen heulen. Ich habe die wunderbar beste beste Freundin im ganzen Universum!

Ich habe Mrs Gibson gebeten, ein Foto von Sophie und mir mit meiner Siegerschleife zu machen. Das will ich mir unbedingt morgen in meinen Spind hängen.

Als ich nach Hause gekommen bin, habe ich Mama die **25 Dollar** Preisgeld für die Missionsarbeit in Arizona gegeben. Ich weiß ja, dass die Familien von Eleni und Kay das Geld gut gebrauchen können.

Außerdem will ich mich wieder an die Arbeit machen und ein paar neue Entwürfe zeichnen. Sophie hat mich dazu überredet, für sie auch ein Kleid zu entwerfen. Da wir uns getraut haben, meine selbst genähten Blusen zur Schule zu tragen, wollen wir als Nächstes unsere K.K.O.-Kleider anziehen!

Das war er also: **DER BESTE TAG MEINES LEBENS!!!** Miranda macht mich immer noch verrückt, aber ich werde weiter für sie beten ... und für Emily.

Vielleicht lade ich sie nächste Woche zum Gottesdienst ein.

Oh, und ich habe mich auch bei Linus entschuldigt ... und bei Rosie. Mein Bruder schien es tatsächlich cool zu finden, dass ich den Kunstwettbewerb gewonnen habe. Sogar dieses durchgeknallte Stinktier schien glücklich. ☺

Kaum zu glauben, dass ich echt das komplette Katastrophen-Tagebuch vollgeschrieben habe.

ABGEFAHREN!

Gut, dass Papa gleich ein Doppelpack gekauft hat.

Schließlich braucht eine Fashion-Diva JEDE MENGE Papier. ☺

Drachen haben Mundgeruch

„Eine wunderbar lustige und doch ernsthafte Geschichte, sehr kindgerecht und modern."

Leserstimme

„Mein Leben ist im Eimer!", findet der 11-jährige Julius. Warum? Er soll seine Sommerferien bei Opa Ignatz in Bayern verbringen. Dort gibt es nichts Aufregenderes außer einem Teich voller Entengrütze und Opas Gebissreiniger. Doch Julius ahnt noch nicht, wer ihm dort begegnen wird. Bald hat er einen besonderen Wunsch frei. Dieser geht aber ganz anders in Erfüllung, als Julius geahnt hat ... Eine fantasievolle Geschichte über Freundschaft, Glaube und darüber, was wirklich wichtig ist. Mit vielen lustigen Zeichnungen.

GerthMedien

Claudia Weiand • Drachen haben Mundgeruch
Gebunden • 192 Seiten • ISBN 978-3-86591-741-6

Drachen mögen keine Kekse

„Claudia Weiand schreibt spannend und lustig und schafft es, christliche Aussagen und Werte gut in die Geschichte einzubauen."

Bettina Wendland, Zeitschrift *family*

Eigentlich könnte der Rest der Sommerferien ja richtig klasse werden, doch da taucht LCD auf, die Nervensäge aus Julius` Schule. Als dann auch noch eine unverschämt teure Uhr verschwindet und miese Verdächtigungen die Runde machen, ist es so weit: Julius und seine neuen Freunde müssen Detektiv spielen! Zum Glück werden sie von einem kleinen, stinkenden Drachen namens Quentin unterstützt. Ein freches und witziges Buch voller Peinlichkeiten und Chaos. Und ein Buch über Vergebung, Freundschaft und den Glauben.

GerthMedien

Claudia Weiand • Drachen mögen keine Kekse
Gebunden • 208 Seiten • ISBN 978-3-86591-472-9

Drachen lieben Feuerwerk

„Ein Buch, das auch erwachsene Leser schmunzeln lässt, egal ob man es selbst liest oder vorliest."

Leserstimme

Julius ist ein wenig traurig. Denn leider gehen auch die besten Ferien mal zu Ende und die Zeit bei Opa Ignatz in Bayern ist vorbei. Doch zu Hause stellt sich heraus, dass ein grüner Untermieter im Koffer mitgekommen ist. Es dauert nicht lange, da sorgt der kleine, freche Drache Quentin auch in Julius' Familienalltag für ein ordentliches Durcheinander … Ein freches und witziges Buch voller Peinlichkeiten und Chaos. Und eine Geschichte über Freundschaft und den Glauben.

GerthMedien

Claudia Weiand • Drachen lieben Feuerwerk
Gebunden • 208 Seiten • ISBN 978-3-95734-040-5

MIX
Papier aus verantwortungsvollen Quellen
FSC® C014889

Verlagsgruppe Random House FSC® N001967
Das für dieses Buch verwendete Papier ist FSC®-zertifiziert.

Die amerikanische Originalausgabe
erschien im Verlag B&H Pusblishing Group
unter dem Titel „Catie Conrad: Faith, Friendship and Fashion Disasters (Desperate Diva Diaries)“.
© 2014 by Angie Spady
© der deutschen Ausgabe 2015 by Gerth Medien GmbH, Asslar,
in der Verlagsgruppe Random House GmbH, München

Die Bibelzitate wurden, sofern nicht anders angegeben,
den folgenden Bibelübersetzungen entnommen:
- Gute Nachricht Bibel, revidierte Fassung, durchgesehene Ausgabe in neuer Rechtschreibung, © 2000 Deutsche Bibelgesellschaft, Stuttgart (GN)
- Lutherbibel, revidierter Text 1984, durchgesehene Ausgabe in neuer Rechtschreibung

1. Auflage 2015
Bestell-Nr. 817077
ISBN 978-3-95734-077-1

Umschlaggestaltung: Hanni Plato
Umschlagillustration: Channing Everidge
Satz: Uhl + Massopust GmbH, Aalen
Druck und Verarbeitung: Friedrich Pustet, Regensburg
Printed in Germany